KB050166

얼룩말자전거

시작시인선 0202 얼룩말자전거

1판 1쇄 펴낸날 2016년 5월 25일
지은이 권혁수
펴낸이 이재무
책임편집 박찬세
디자인 이영은
펴낸곳 (주)천년의시작
등록번호 제301-2012-033호
등록일자 2006년 1월 10일
주소 (04618) 서울시 중구 동호로27길 30, 413호(묵정동, 대학문화원)
전화 02-723-8668
팩스 02-723-8630
홈페이지 www.poempoem.com
이메일 poemsijak@hanmail.net

©권혁수, 2016, printed in Seoul, Korea

ISBN 978-89-6021-270-1 04810
　　　978-89-6021-069-1 04810(세트)

값 9,000원

얼룩말자전거

권혁수

천년의 시작

詩集은 유통기한이 없다
영원을 믿는 바보 詩人의

얼굴은 두 개다
한심한 얼굴과 알량한 얼굴

매번, 너에게
100전 100패하여 금이 간 얼굴을
오늘 내놓는다

그리고 얼룩말자전거를 타고
〈자전거 명상〉을 하고 싶다
노을 진 갈대숲 사잇길을 달리는
강물처럼
속 빈 친구들과 함께
투명하고 팽팽한 얼굴을
굴리고 싶다

늦은 저녁, 봄바람 한숨 가슴에 안고

차례

시인의 말

제1부

제1부

바퀴의 속성

출장지엔 어디에나 언덕이 있다

언덕은 사계절 낙엽을 덮고 있다

어깨에 구름을 걸치고

낙엽을 밟으며 혼자 넘어야 하는

언덕은 높지 않다 아니다, 높다

지루하지 않다 아니다, 지루하다

허리를 굽히고 무망하게

비구름과 함께 넘어야 하는 날도 있다

그런 날은 슬픈 무지개를 본다

하늘 한 귀퉁이가 젖다 만

아무도 초대하지 않은

나만의 정류장

낙엽처럼 날개 하나만으로 넘어야 하는

언덕은 언제나 나의 집 반대편에 있다

귀향, 혹은 낙향
―해장국집

떠나기 전에 들러야 할 곳이 있다

기차는 연착되고

사내는 문턱에서 해장국을 주문한다

양은솥 뚜껑을 열고 더운 숨을 내쉬듯

여인이 콧노래를 부른다 소금 간을 보고

돼지머리 고기처럼 질긴 새벽을 썰어야 하는 여인이

사내를 의자에 불러 앉힌다

―천천히 드세요, 어제부터 저 시계가 5분 빨라졌어요

곧게 구부러진 S라인 강철 레일을 밟고

아직 붉은 혀가 닿지 않아 목 안 가득 뻑뻑한

갈증 한 그릇 퍼먹고

정처 찾아 떠나는 아침이다

명퇴 이후 1

부도 직전 출판사에 부사장으로 들어갔다

집 팔고 전셋집으로 이사했다

낡고 기울어진 장롱 틈에 시집詩集을 끼웠다

된장찌개 뚝배기 밑에 계간 잡지를 깔았다

콩팥 수술을 했다

빚 대신 콩팥을 어느 노인의 장부에 끼워 넣었다

된장찌개 다 먹고 출판사에 출근했다

빈 책상이 너무 넓었다

시집 출판 의뢰라도 한 건 들어오길 기다렸다

어제가,

오늘로,

고스란히 이월되었다

명퇴 이후 2

〈선원 모집〉 광고를 보았다

가슴속에서 갈매기가 끼룩거렸다

몸집보다 큰 날개로 날고 싶었다

내일은 맑을 것이다

잠시 마음이 편안해졌다

한때 건너야 할 바다가 앞에 있었다

푸르고 깊은 바다, 그러나 누구도 바다에 대해 묻지 않는다

배가 돌아오고

선원 모집 광고와 헤어졌다

바다는 등 뒤에서

갈매기는 가슴속에서

파도 소리로 울었다

돌아오는 울음이 더 깊어졌다

동물원의 날씨

동물들은 죄가 없다 기억할 게 하나도 없어서

베란다에 널린 빨래처럼

웃지 않아도 행복하다

그들에게 없는

그들의 소유

(카이로 번개, 서울 맑음, 뉴욕 흐리고 구름,
도쿄 안개, 북경 황사,
파리 런던 비!)

무더운 바람과 우울한 구름은
눈 작은 동물이 꺼내버린 기억들이다

동물원 밖을 떠도는,

죽음에 이르기까지 영원히 안이 될 수 없는,

살이의 방식

물빛이 흔들린다

변심했나! 가을 나무는 호수에 낙엽 몇 개 던져본다

수온도 재본다 달빛 길게 뻗어

여름 내내 떠돌던 금붕어를 조용히 흔든다

서로 사이좋게 호수를 믿고 살라고

그림자 빈 가지마다 새 단풍을 붙여준다

구멍 난 새 단풍이 벙긋벙긋 웃는다

채워도 채워도 텅 비어만 가는 호수

흰 구름을 밀어낸

아파트 그림자가 가을 오후를 흔든다

실눈 뜨고 바라보는 세상의

흔들리는 것들이 제자리를 지키고 있다

달의 운행

토끼 발자국 따라 눈길을 걸어가 보는 거다
비단 감발 치고 명품 망태 둘러메고
피에르가르뎅 털모자를 써야겠지 저녁이면
로데오거리 지나 홍대 앞 카페 골목 걸어 걸어
새벽 첫발자국 밟으며 2호선 전철을 타야겠지
신촌 샛강 밑을 통과하려면
마음에 새겨진 작은 발자국을 따라가 보는 거다
눈 동그랗게 뜨고

멈춘 흔적이 없으니
끝도 없겠지
끝내는 발자국만 남아버린
실종된 산길

버리지 못해 더듬는 그 오금 저린 꽃무늬
끌어안고
달이 떠오르네

덩그러니
산머리 키 큰 나무들 어깨 짚고

아파트 옥탑을 딛고

그래서 어쩌라는 거야

달 속의 너만 바라보라는 거겠지
한눈팔지 말고
벤치에 딱 붙어 앉아

오늘이 지나면 너는 거기 없을 것이니

환생을 꿈꾸다

춥지? 그럼 굴속에
일단, 들어가 보는 거야 슬그머니
몸을 뻗어 고적하게 한 계절 견딜 수 있는지
꿈도 맘대로 꾸어보는 거야
목구멍이 막혀 꿀꺽 삼키지 못하더라도

막장의 고집을 핥아보는 거야
아무 말도 하지 말고
눈도 뜨지 말고
그립지 않게

암반 끌어안고 어둠 쪼아내듯 컹컹, 원 없이 짖어보는
거야
팔뚝에 소름 돋도록 가슴에 털이 무성하도록
굴속에 굴을 뚫고 들어가 지구 저편 깊숙이 들어가
한숨 늘어지게 자고
기어 나와보는 거야

이번 생엔 어떤 짐승으로 태어났는지
역사박물관 벽거울에다 머리를 찧어보는 거야

이마에 붉은 피가 흐를 때까지

청계천 건너기

청계천 풍물시장 좌판에
가죽구두 한 켤레 엎드려 있다
검은 개의 혀처럼 아스팔트 바닥을 핥는다
절반이 마모된 굽을 감추고

구두 바닥에 납작하게 들러붙는
마모된 통증을 곱씹는다
외다리로 살아온
사내가 그 통증만큼 구두 값을 빼자고
아스팔트 바닥에 침을 뱉는다

주인은 말발굽처럼 완강한 왼쪽 굽
가죽과 밑창의 악다문 쇠못을
쫙 벌려 보인다

―반값에 안 될까? 난, 한 짝만 필요한데
―5년은 끄떡없을 게요, 딱 맞네 뭐

지폐紙幣 몇 장 건네지고 사내는 바뀐 구두가 지나온 길을
되걷는다 가볍게

아스팔트 골짜기를 적신 청계천
목발과 함께 건너는
뒷굽의 절반이 아뜩하다

얼룩말 당나귀 자전거*

삶이 심심해지면
자전거 안장에 얼룩말 무늬를 그려 넣고 냅다 올라타는
거야
얼룩무늬 엉덩이가 꿈틀거릴 때
아이들이 즐겁다고 박수칠 때
너무 기뻐 눈물이 날 때
목 길게 빼고 코를 벌름거리며
고수부지 건너 강물을 넘겨다보는 거야
자전거의 운명에 착 달라붙어
바람 찬 말발굽 고무 타이어를 굴리며
풀 한 포기 없는 아스팔트 도로를 달려보는 거야
얼룩말 피 한 방울도 흐르지 않지만
아프리카 초원이
10만 리나 먼 거리지만 고향에 간다 생각하고
달려보는 거야
천사들의 햇살과 겨울바람
불발탄이 선인장처럼 널린
팔레스타인 동물원까지 가보는 거야
가난한 모하메드 씨가 당나귀 등에 얼룩말 무늬를 염색해
전시했다는

가자시티에 가보는 거야

휴일 날,
포탄의 휘파람 소리에 놀란 당나귀 울음소리 들으러
폐허 속 동물원으로 힘차게 달려가 보는 거야

지상에 초원이 아직 남아 있는 이유를
사막을 걷던 발끝으로 느껴보는 거야

• 2009년 12월, 팔레스타인 가자지구 동물원 소속 얼룩말 두 마리가
  이스라엘의 봉쇄정책으로 굶어 죽었다. 얼룩말이 너무 비싸 동물
  원 운영자 모하메드 씨는 당나귀 두 마리에 페인트칠을 하여 얼룩
  말 대신 전시했다고 한다. 그는 아이들의 박수는 허용했지만 어른
  들에게는 휘파람을 불지 못하게 주의를 주었다.

경칩驚蟄

—7시에 만나요
여자의 휴대폰 문자가 떴다

지하의 어둠에 잠겼던
얼굴을 씻으라는 그 여자의 요구다
겨드랑이 털에 밴 소금기를
털어내라는 갈증이다

번뇌가 보리 싹처럼 자라는
마포 전철역 빠져나와

바람이 불지 않아도 차가운 2월의
마포종점 사우나에서
더운 물을 온몸에 뿌리는데

—급 귀사 요망

본부장의 휴대폰 문자가
내 몸속
지하철을 뚫고 달린다

아무래도 알 수 없다 지상으로 점프하려면
얼마나 더 기다려야 하는 생生인가

아야진*

여자가 빨랫줄에
낡은 청바지를 널어 말린다

해감에 절인 가슴을
물방울로 뚝뚝 떨구는 해안선이

오늘

빈 배만큼 무겁다

* 아야진: 동해안 관동팔경 중 하나인 청간정 옆에 위치한 항구.

폐차장 버드나무

바퀴 없고 창문 없는 차가 버드나무에 기대어 있다

폐유를 삼킨 버드나무

매연에 그을린 폐차장 바닥에 바짝 엎드려

긴 머리채를 저녁노을에 적신다

차의 검은 발 닦아주느라 허리를 휘고

다시 맞는 봄이 작년처럼 푸르다

실눈 뜨고 바라보는 하늘길

구름의 주소지를 내비게이션에 입력하고

막 출고된 신형 차들이 브레이크 없이 날아가고 있다

동물원 가는 길

반달이

동물원 가는 길을 안내한다 이 장마철에

정년이 며칠 남은 먹구름은 어디로 가야 할까?

〈동물원 가는 길 1Km〉

녹슨 안내판이 무더운 비바람을 가로막는다

가슴이 터진 술병은 결국 생을 풀밭에 다 쏟아버렸다

편의점 비닐봉지는 속이 빈 채

바람 따라 길 없는 길로 들어섰고

반달은 차마 입을 벌리지 못한다 입장료가 없어

동물원 지붕을 타 넘는 먹구름은

동물들만 아는

안내판 없는 산길을 더듬어간다

기린과 아카시아

1.
기린은 철망 너머를 기웃거렸다
아카시아 나무가 보고 싶어
꽃향기가 그리워 코를 벌름거리며
목을 한껏 내뻗었다

2.
아카시아 한 그루 초원에 서 있다
키 재기 하다 사라진 기린이 걱정스러워
제 그림자 길게 늘려
네가 기린인가, 흔들어보았다

기린이 머물던 그늘을 한 발로
쓰윽 쓱, 더 늘려 그려보았다
그림자가 늘어났다
가지를 길게 길게 뻗었다

3.
기린이 솜사탕 구름을 보내준다
아카시아에게

아카시아가 흔들린다
기린처럼

4.
오늘은 사자의 낮잠이 유난히 길다

기린의 목도 더 길어진다

첫눈

빈 술잔에 혀를 대어본다 너무 적조積阻했나

냉냉하다 채워주고 비워주고

매화가 피던 봄엔

혀끝이 달고 향기로웠는데

대문 굳게 닫힌 마당에 아무도 밟지 못한 눈이 쌓인다

　매화나무 그림자가 허리를 굽히고 술잔 안으로 불쑥 들어선다 술 대신

　우롱차 몇 잎 매화나무 곁가지 위에 띄워본다 찻물에도

　녹지 않는 눈발이 곁가지에 쌓인다 더디게

　얼굴 주름을 우려내듯

　작년의 내가 다시 쌓인다

평평하다

다세대에는
2층 아래 사람이 있고 사람 아래
1층이 있다

아침

2층은 2층을 이탈한다
2층은 바닥만 남는다

나는 창문을 열고
2층의 아침을 접수한다

점심

1층은 2층을 지킨다 아무 일 없이

저녁

1억 5천만 년 전보다 30년 더 긴 시간 동안

(바람과 구름과 별과 시인詩人들과 함께)

내가 떠돌던 지구 밖에서 2층이 돌아온다

돌아와 1층 위에다 몸을 눕힌다

긴 하루의 수저들이 층층이 쌓인다

사이렌을 찾다

1.

이명耳鳴이 갱년기 아내의 귀를 울렸다
정오를 알리던 소방서 망대 사이렌 소리처럼
아내가 울었다 울음소리에서
보리밥 오이냉국 냄새가 났다 개울을 건너
대처로 떠난 남순이의

귓속이 뜨겁다
옹기가마에 들어앉은 옹기만큼

아내의 귀는 소리를 구워내는 악기
어떤 소리든 아내의 귓속에서는 달콤하고 그윽한
가락이거나 용서라는 순한 말로 담겼다

하프 대신 손전등을 켜들고 나는
오디페우스 눈으로 바다보다 깊은
아내의 악기 속을 들여다본다

텅 빈 악기의 내부에는 오로지 여리고 가는 솜털 몇 가
닥뿐,

나는 오래지 않아 슬픈 시선을 악기 속에서 꺼내야 했다

2.
정오.

오늘도 사이렌이 울릴 것이다
아내를 잃고 남순이를 되찾은 나의 악기 속에서

제2부

초록 꿈

아이들이 없는 공부방
책장 틈에서 몽당 크레파스 하나
굴러 나온다

손끝이,
가슴이 파랗게 물들기 시작했다

그곳의 정체
─춘천 중앙시장

그 시장엔 골목이 있다
휘어진 길과 버려진 길이 이어진
바람이 먼저 지나간 미로
지도에서 삭제된 그 절망의 길을
무시로 혼자 걷는다
폐업 대방출 전단지처럼
구석진 그늘을 등에 업고

내 자리가 어디였는지

신발가게가 보인다 아니 비단가게다
술도가가 보인다 아니 순댓국 집 낡은 탁자 밑이다
커튼 없는 다방 창문마다 흰 구름이 너풀거린다
과일 장수 리어카 바퀴 소리가 굴러간 뒤, 푸른 하늘자
락 붙잡고
저녁노을이 가루분처럼 번지는
습성이 꼭꼭 숨어버린 골목을 걷는다

나만 보이지 않아

잊혀진 것들의 정류장처럼

눈을 감아야

찾아갈 수 있는

그 시장은 늘 나의 길 끝에 있다

흔적

10년 만에 골방을 청소했다

시대에 무책임한 알람시계를 벽에서 벗겨냈다

무감각한 잡지책을 치우고 통증을 피해 구석에 쌓인 먼지를 긁어냈다

체중이 줄어들기를 기다리던

외투도 헌옷수거함에 던져 넣었다

머지않아 잊혀질 사람들 사진과 기억도 함께 묶어

고물상에 내다 팔았다 그리고

더 버릴 게 없나 둘러보았다

깨버리지 못한 거울 속에 내가 서 있었다

길을 퍼 담다

가야 할 길은 언제나 강 건너에 있다

길을 끊어 백사장에 쌓아두고

강물은 저리 날 시퍼렇게 또 어디로 흘러가는 것일까?

만나고 싶어도 만날 사람이 없는

강가 모랫길……

늦장마가 예보된

대낮부터 소주 한잔 걸친 사내 혼자

강물 몰래 신발 가득 모래를 퍼 담고 있다

어디로 가서 어느 마을 끊어진 길을 또 놓아주려는지

푹푹

빠지고 또 빠지며

주머니에 여름을 퍼 담고 있다

반납하지 못한 책

아직 마술사가 출근하지 않은 거리

은행나무가 도열해 있다 금빛 낙엽을 깔고

신호등 옆에 서 있다 자기 자리에서

마술의 시간을 기다리고 있다

건널목을 건널 수 없는 외다리로

단풍나무는 붉은 암표를 도시 밖으로 날려 보냈고

무 임금 허수아비는 들에서

새 떼를 쫓아야 했다 경비원처럼

손목이 잘린 두 팔을 비료 포대 근무복 틈새로 불쑥 내
밀고

바람에 찢긴 입만 벌린 채 단풍잎만 쫓았다

연락이 없다는 것은 통보할 말이 없다는 것

출근하지 않아 퇴근하지 못한

마술사는 옆구리에 낀 책을 떨어뜨렸다 반납하지 못한
책갈피

사이에서 은빛 단풍잎이 흘러내렸다

비둘기 날개처럼 시월이 발아래로 떨어졌다

수평선을 옮기다

사무실 책상 뒤에 빈 벽이 걸려 있다

벽에 걸린 바다 풍경 그림을 떼어냈다
그림 속 수평선은 기울어지기만 할 뿐
파도는 사무실 너머로 흘러나오지 못한다

창문 너머에서 경적 소리가 울린다 갈매기 우는 소리 들린다

경적 소리는 사무실 벽에 부딪히고
갈매기 우는 소리는 바다 풍경 안에 울려 퍼졌다

바다 풍경 그림이 사라진 벽에 바다 풍경 액자 자국이 선명하다 갈매기가 날아가버린 수평선처럼

그 무엇이든 알맞게 배치할 수 있어 등을 기댔던 평온한 벽, 그 벽에 두껍게 바다 풍경이 숨어 있었다니!

빈 벽이 나를 배웅한다

바다 풍경 그림 액자 자국은 결코 기울어지지 않았다
벽 밖으로 흘러나오지도 못했다

바닷물이 빠져나가는 오후 여섯 시의 거리
밀물과 썰물은 날마다 반복된다

굳어진 질서는 머리뼈보다 단단하다

산길의 완성

안개는 새벽보다 먼저 일어나
산길로 향했다

새로 돋은 풀잎과 환희의 꽃다발을 안고
산을 넘어온다고 했다

짐승들이 깰까 봐 수굿하게 산길을 걸었다

풀잎은 고단한 발목에 이슬을 적셔주었고
나뭇가지는 굽혀지지 않는 팔을 벌려 하늘을 열어주었다

숲 속의 빈터는 앉을 자리를 넉넉히 남겨두었고
내가 걸어간 만큼 가까워질 것 같아

가슴은 뛰고 발걸음 가볍게
안개 속을 걸었다 안개만큼 생각하고
안개만큼 수굿하게

숲 속을 지나

뒤돌아보니

그의 길이 비로소 드러났다 그의 길은

내 길이 아니었다

비누나무 열매

티베트 먼 나라에서 그 여자

비누나무 열매를 보내왔다

그리운 마음 졸이고 졸여 한 주머니 보내왔다

이별이 얼룩진 까닭을 씻고 씻어 얼굴 밑에 숨겨둔

하얀 얼굴로 걸어오라고, 걸어와

거룩하게 만나자고

명상의 시간을 보내왔다 하얀 비누나무의

동그랗고 작은 열매를 따서 곱게 보내온 그녀의 눈매를
그리며

나는 몸을 닦고 또 닦았다 눈도 씻었다 아침에 한 번

저녁에 두 번 불안한 그늘에 향 사르고 우울한 기억에

빛 뿌리고

착하고, 부드럽게

하루하루 내 납작해진 영혼의 낙엽마저 말끔히 떨어냈다

하얀 비누나무 한 그루 되어

그날, 그 여자 앞에 우뚝 서고 싶었다

보수공사 중

싸늘하게 맑은 초겨울 하늘이 내려다보고 있다

나는 보수공사 중

온 몸뚱이가 뿌리 없는 나무 등걸 같다
창문엔 커튼이 쳐져 한낮에도 생각이 어둡다
커튼을 걷고 안경 유리를 닦아보고 둑이 무너진 뱃살에
지방을 제거하고 얼굴 주름에 보톡스를 주사하고 백발을
파마한 후 염색하고 구멍 난 뼈 마디마디마다 시멘트를 부
어본다

시멘트가 마르려면 달포가 걸린다
애초 시방서에 누락된 것은 없다
시공이 게으를 뿐

어디서부터 손을 대야 할까
난감하다

보수공사는 비가 와도 멈추지 못한다 그러나
언젠가 중단될 것이다 나 모르게

휴식 시간이 너무 길어 완성하지 못한
나의 하루가 비어간다

어둠이 하늘을 가려준다
닫힌 창문 틈으로 반달이
보수공사장을 들여다보고 있다

바위 1

바람이 부는 언덕엔 어디에나 바위가 있다
입이 무거운 사내 혼자 돌아앉아
숨을 멈추고 있다

늦은 밤
달빛 끊긴 샛강을 건너 문풍지를 흔드는
휘파람 소리에 귀를 기울인다
붉은 꽃잎이 겨워 산비탈에 쓰러진 벚나무 등걸
그림자 몇 장 접어 가슴에 얹고
호롱불 꺼지지 않은
마을 골목 안 집 들창까지 눈 감고 뒤안길을 그어본다

어두워, 아직 아무도 떠나지 않은 고갯길
봄바람이 먼저 넘어간
언덕에는 가슴이 깊게 갈라진
검은 바위 하나
걸음을 멈추고 있다

바람을 안고 어디로 가려는지
바람은 있는 것인지

바위는 끝끝내 뿌리의 비밀을 발설하지 않는다

돌담

애기똥풀이 노랗게 피어 있다

믿을 사람 다 대처로 떠난 마당

돌담 틈새로 금빛 온기가 스민다

돌담은 방하착放下着을 멈추지 못한다

각진 돌은 가깝게, 둥근 돌은 멀리

허물고 또 허물어지고

낮아진 높이만큼

바람이 부는 만큼 노랑이 번진 돌담에

애기똥풀이 까치발을 딛고

기웃거린다 담 밖에서

누가 걸어 들어오고 있나?

켜켜이 쌓인 정적이

오랜 부재의 날들을 견디고 있다

낙화落花

나비가 날아왔다 나풀나풀
낡은 옷소매에 꽃향기 젖는 봄 낮,
나비는 꽃술처럼 뾰족한 바늘을 입술에서 꺼내어
나에게 보여주었다

나는 그립고 달콤한 고공비행을 애걸한다

벌거숭이 임금님처럼
꽃잎 색색 입혀 날개에 태워달라고

거실에 깔린 도화桃花 몇 장 집어든다

날개 꺾인 나비 한 마리
어깨에 꽃잎을 기워 달고 있다

거실을 가뿐히 들어 올리고 있다

미납된 봄

1.

기차를 탔다

하얀 꽃잎이 날아와 차창에 붙는다 혓바닥처럼

―파산

그 말을 처음 말하게 한 여자를 생각한다

2.

30년 전 그 자리에 먼저 도착한 꽃나무는

누구일까?

꽃잎 다 떨어진 후에도 기다리는 사람이

3.

미납 청구서는 창문 틈에 끼어 있다 구원의 소리를 내지르는 혀처럼

사무실 바닥을 꽃잎으로 다 채워도
임대료가 부족한 듯 산딸나무는 뻗은 팔을 접지 못한다
바람에 흔들리는 것은 다 꽃잎인가 싶어

저녁 늦게까지 발신자 이름 위에
제 그림자를 얹어두고

유통기한

2014. 05. 20.～2019. 05. 19. 까지
구내식당 식탁 유리병에 후춧가루가 들어 있다

동네 사람들의 생일과 기일 다 기억해도
당신의 기일만 모르셨던 어머니

점심시간에 만둣국에 후춧가루를 뿌렸다

후춧가루 뿌려진 만둣국에서 겨울을 녹이던
어머니의 입김이 새금새금 떠오른다 가늘게 가늘게
무통 주사 바늘을 내 몸에 찔러 넣는다

유통기한이 삭제된 어머니의 입김이 투입된
혈관 밑이 축축해진다
무기한이다

병 속에서 영원은 다시 찰나가 된다

기우뚱

나무 의자에 앉아 창밖을 내다본다

푸른 나무가 줄기를 뻗고 있다 높게 높게
언덕 위에서 푸른 나무는 뿌리 깊은 지구의 소망을
하늘로 전하려 안테나를 뻗고 있다
꼿꼿이

나는 구부러지지 못해 뻗을 수밖에 없었던 일생의
찬란한 좌절을 위로한다

긴 가지 다 잘리고 초록도 바람에 날려
등판만 남은 목질 토르소

언덕 아래 붉은 벽돌집에는 그렇게
세월이 절단돼 청테이프로 다리를 묶은 나무 의자 하나
창문 앞에 놓여 있다

가끔씩 풍경은 한쪽이 무거워져
의자가 되지 않은 나무를 드러눕게 하기도 한다

데자뷰

가을이 오면
북소리를 듣는다

도시 나들이 한번 떠나지 못한 나무들과 풀꽃
아직 세상 아래로 굴러보지 못한 구릉바위 곁에 둘러앉아

듣는다

이슬에도 젖지 않고
터지지 못해 가슴만 앓는

천둥소리

하늘이 너무 멀어
메아리가 닿지 않는 산 아랫동네
그 자리
발자국 소리가 머문

내 오금 자리

모든 거리가 다시 어제인 오늘

불안한 순환선

─오늘 감. 돈 준비해윰⋯ㅋㅋ⋯

스마트폰 전원을 껐다 2호선 지하철역에서 낯선 문자가
하루를 정지시켰다
'오늘 감'의 그는 끝내 오지 않았다

지하철은 재빨리 달려갔다 나를 내려놓고
어두운 레일의 간격을 넘어
시청역에 누군가를 내려놓을 것이다 그러나 그는 내가
아니다
내 뒤를 따라 내린 그림자가
내 발목을 붙잡고 흔든다
잘못 내려진 것 같다
불빛이 두리번거린다 벽을 더듬거린다 벽에 널린
어떤 문자도 나를 위로하지 못한다
나를 다시 태워줄

순환선은 오지 않고

제3부

에덴건강원 1

개소주를 배달하는 K는
소주 냄새도 온 도시에 공급했다

하얀 개의 털 냄새 누렁개의 입 냄새
도사견의 고기 냄새로 빚은
개소주엔 소주가 들어 있지 않다 않지만

K는 소주 마신 개처럼
도시 구석구석 코를 벌름거리며 달려갔다

에덴건강원엔 개가 없고 소주도 없지만
에덴건강원 밖에선 개가 개를 기다렸다
하양개가 하양개를, 누렁개가 누렁개를

에덴을 벗어나면, 거기부터
또 다른 에덴이 시작된다

소주가 그의 빈속을 투명하게 출렁거렸다
컹컹, 밤하늘을 쳐다보며 그가
은하에 숨은 달을 찾아 두리번거리는 동안

에덴건강원 2

알루미늄 샷시 문틈처럼 벌어진 눈동자를 껌벅, 흑염소
가 닫자
에덴건강원
녹색 간판 글씨가 눈물로 지워졌다 되살아났다

건강원 김 사장이 목을 눌러 수조水槽에 머리를 담근 흑
염소는 콘크리트 바닥에 발굽을 갈며 비명을 질렀다 그러나
번번이 목에 걸리는 비명,
질러야 한다! 질러야 한다! 목구멍 가득 터지지 않는 비
명만큼
물을 삼켰다 물이
비명을 삼켰다

어둠이 없어 압력솥밖에 숨을 곳 없는 에덴건강원,
압력솥이 대신 비명을 질러준다 가늘게 입김을 뿜어내며

굳게 입을 다문
검게 가꾼 5년의 흑염소 엑기스가 비닐팩에 담겨
아침 일찍 걷던 출근길을 투명하게 내다본다

흑염소가 울지 않는 에덴
건강원

에덴건강원 3
―박테리아

팔뚝에서 182종의 박테리아를 발견한 미국 과학자가 있다

팔뚝이 없는 개나 흑염소는 박테리아가 없다

에덴건강원엔 박테리아가 없다

둥글게 윤나는 스팀찜통만 있다

박테리아가 박테리아를 죽이는 여름

팔뚝의 근육이 끈질기게 열대야를 끌어안고 있다

에덴건강원 4

토끼가 먹고 싶은 여자 1
개소주가 먹고 싶은 여자 2
비둘기와 앵무새가 먹고 싶은 여자 3

여자 1은 남편에게 물개를 먹였다
여자 2는 정부에게 자라를 먹였다
여자 3은 사위에게 뱀을 먹였다

태어난다는 건
포식의 대물림이다

오래된 겨울

들에서 쫓겨난 철새가 마을을 비껴갔다
흉흉한 소문이 문풍지를 흔들었고

포고문 같은 노을이 산 능선에 걸리자
아버지의 기억이 빠져나간 마을은 고요하다
개들도 짖지 않았다 너무 어두워
나는 철새들에게 손을 흔들어주지 못한다

안개에 젖어
아버지가 볏단처럼 쓰러졌다

소문은 바람 없이 숲으로 빨려 들어갔고 햇빛이 차단되
었다
기어이 눈보라가 쏟아지자 평소 아버지를 두려워하던
마을 사람들이 모여들었다 나는 아무것도 요구하지 못
한다
몇 단의 나뭇가지가 불길하게 엽총 소리를 지르며 부러
졌다
수직을 타고 소문이 깃털처럼 떨어져 내렸다
소용없이

일부는 불더미 쪽으로 날아갔다 날아가 불꽃이 되었다

그들은 아버지의 입을 다물리고 팔을 묶어 들 밑에 밀어 넣었다

안개는

그들의 기억에 저항하지 못한다

눈이 그치고

무덤 곁에 몇 개의 발자국이 찍혔다 손금만 남은 낙엽처럼

안개의 눈물방울이 눈꽃 몇 송이 끌어안고

들녘으로 녹아 들어갔다 오금 깊숙이

정적이 한 겹 더 두껍게 쌓였다

건너편 아파트

오늘도 25층 거실에 불이 켜졌다
천길 절벽에 꽃 피듯
불빛이 그 남자의 검은 얼굴을 안고
건너온다

아무 상관없는 비바람 불고 억울한 얼굴 하나
눈보라의 기억을 밟고 온다
발자국 없이
어둠보다 더 투명한 유리창 갈아 끼우듯
내 얼굴에 스며

그 얼굴이 내 얼굴

입을 다물지 못하는 절벽의 아파트

곰인지 늑대인지 뱀인지 비둘기인지, 얼의 굴이

그 남자 버리고 불빛을 안고 온다

모두가 나이고, 모두가 너인

아파트 그림자

공터에 서 있다

달리는 거울

거울아, 거울아,
이 세상에서 누가?

거울을 꺼내본다
그녀를 비춰본다 창문 열고
그림자 들어온다 꽃그늘 나가고
검은 구름 들어온다
그녀가 제 얼굴을 살펴본다 새가 날아가자
봄꿈
스며든다 바람 없이
가슴 높이 뒷짐 지고 들어서는 하늘
손바닥 가리고 슬쩍 눈치를 살핀다 수줍게 빈자리
도시의 건물마다 사각 턱 디밀고 불쑥 들어와
거울 뒤로 숨는다
얼굴 없는 벽에 가파르게 기대온다 허리 혹은 다리 잘린
그림자들 뿔뿔이 발바닥에 들러붙어 제 갈 길 찾아 나
선 거리
약속은
사내의 거울과 자리를 맞바꾼다

86

거울아, 거울아,
이 도시에서 누가 살아남아 아직
숨 쉬고 있냐?

골목의 습성

똑바로 걸어도 자꾸 휘어지는 길이 있다

아이들이 몰래 저질러놓은 벽화가 벙어리처럼 웃는
천정 없는 동굴이 있다

아침에 골목을 빠져나간 별들이 저녁에
마을 밖 멀리 머물다 답답한 심정으로
흐린 창문을 열고 들어와
어제 떠난 사람들을 대신 기다려준다

창문 없는 골방을 떠나지 못해
기다리지 못할 사람은 없다

발자국을 찍어야
벽화 속으로 들어가는 밤,
떠나온 집과 찾아갈 집 사이로
걸어 들어온 만큼 다시 걸어 나가야 하는

골목은 직선이 아니다
어떤 발길에도 끊어지지 않는다

고물상 저울

어둠 속에서 달의 무게를 달고 있다

함부로 달지 않으려는 듯 눈금 밑으로 녹물이 흐른다

때론 이혼녀의 가계부도 안아주어야 한다

눈물 자국이 얼룩진

달처럼 검은 구름이 알몸을 닦아주듯

무겁지 않게 인부들이 실어가도록 평지에 내려놓아 주어
야 한다

저울 위로 고물 위에 고물이 실려와 쌓인다

와르르 어두운 지구 위에 쏟아져 내린다

가랑비가 내리나 싶어 눈을 들어보니 달이 보이지 않는다

대폿집 창문에 걸자고 도로 가져가 버렸나?

여자에게 전화를 걸어봐야겠다

가로등 옆 가로수

막차가 떠났다
막차를 타지 못한 이들의 시선은
고압선을 붙잡고 떨어질 줄 모른다
새끼를 거느린 어미 개의 뱃가죽처럼
늘어진 그들의 어깨에 가로등이 위로의 빛을 비춰준다
이미 빛은 그들에게 아무런 소용이 없다
그들은 구부러진 발목을 내 그림자 영역 안으로 들여놓
는다

문 닫힌 전철 역사驛舍 앞에서
가야 할 역을 되묻는 할머니
시집간 딸 배웅하고 돌아서지 못하는 친정엄마
동창생 문병 가다 말고 발길을 돌려세운 중년 남자가
빛을 등지고 사라졌다
이별을 통보받은 사내만이 술 취한 어깨를 내게 기댄다

나는 그를 막지 않는다 나는
그의 막차다

주머니 속 주머니

사람은 멀리 있지 않다

다락에 숨겨둔 앨범 속

산비탈 진흙 길에 찍힌 발자국

논둑길 건너

뭉게구름과 잠자리가 나르는

논 가운데 우물집

반송된 소포의 수취인처럼 열어보지 않아도

폐가 지붕에 앉은 별을

본 사람이 있다

아직 계산이 끝나지 않은 백지

영수증 밑에

흐린 날의 변명

연못가에서 풀벌레 소리를 듣는다

연못 수면이 출렁인다 출렁이는 수면 위로

물안개가 비스듬히 틈을 벌린다 그 틈으로

풀벌레 소리가 기어 나와 갈대 끝에 앉는다 요염하게

앉아서 갈대 잎사귀를 뾰족하게 세운다 세워진

잎사귀에 입술을 대고 동그랗게

운다

—미안 미안 미 미 미……

물결이 주름진 수면 위에 파문을 녹음한다

내가 듣지 못한 갈대의 언어로

갈대를 흔든다

연못이 출렁인다

내 얼굴에 주름을 그린다

〈추신〉만 남은 낙엽

편지 한 장 쓰고 싶어
손바닥 펼쳐 가을 햇살 깔린
아스팔트 검은 바닥을 더듬어봅니다
이별이란 말이 생각나지 않아

잡답雜沓한 강변

지난밤
시집詩集 책갈피가 품어주어
생각 생각 붉어진 손으로
하늘 높이 날아올라 갑니다 올라가 허공뿐인
하늘을 만져보고
내려와 강물에 손을 씻고
또 씻고
찰랑찰랑 달빛 엷게 덧바른
강물 위에
편지를 씁니다

〈추신〉
지금, 가고 있는 중

은행나무 패션쇼

거리 무대 의상을 벗었어요 금빛 조각조각

관람석이 준비되지 않아 축하받을 일 없어도
거리에 다 뿌렸어요
신호등이 고장 난 건널목에도 깔아주고 부도난 건물 벽
틈에
붙여주고 남은 것은 책갈피와 호주머니 속에 슬쩍 감추
었어요
휴대폰 앨범에도 가득 담아

떠나라고

추동복 패션쇼를 끝냈어요 계절의 뒤를 따라
저문 하루가 아스팔트 거리 밖으로 안전하게 빠져나갈
수 있도록 그러나
나는 한 발짝도 움직이지 못했어요

빌딩 숲에서 단벌옷을 벗은
사람들이 기어이
워킹을 시작했거든요

바람의 그림

나무를 흔들어 그림을 그렸습니다 오래전에 칠해둔 파
란 캔버스에
휘파람새와 건초와 낙엽을 담아 나붓나붓
붓질을 해댔습니다

자전거와 새털구름과 시외버스와
먼 도시로 출장 간 친구들도 다 건너오라고
건너와 어제 덖은 찻잎 우려내 한 잔씩 나누라고
낡은 새마을다리와 가을 향기 밴 들꽃도
길가에 그렸습니다

하지만, 오늘도 어제의 당신은 그리지 못했습니다
내 화폭을 스치며 불어갔지만
추상 뒤에 숨긴 얼굴은
보여주지 않았기 때문입니다

투명인간*

강변 자전거전용도로를 달린다
발 빠르게 그러나
강물은 언제나 도저하게
내 앞을 흘러간다

하늘만 바라본다
바퀴 없고 기어톱니도 없이
구름과 바람과 파도만 안고

초초히 세상 밑바닥을 긁으며 간다
꽃이 피든 갈대가 쓰러지든
속 푸르게 다 드러내놓고 나를 들여다보고 나를 비춰보
고 나를
명상하고

강물보다
느리게 바퀴를 굴려본다 하지만 끝내
강물은 내 뒤에서 파도를 밀어주듯
내 등을 바라본다 방울방울

내 등골에 땀이 구른다

● 성석제의 장편소설 주인공. 본 적도 만난 적도 없는 인간. 사람들
  이 하도 많이 봤다고 (강요)하니, 나도 어느 강가에서 자전거를 타
  다 (몰록) 만난 것도 같다. 제대로 살폈어야 하는데. (경향신문,
  2015.6.23. 〈신경숙의 독백〉 참조)

앵무새 성자

하루에도 열두 번 열대 밀림을 걱정하는
저 눈 좀 봐 동그랗게 뜨고 나를 부르잖아 자꾸
뾰족한 혀로 함께 소리쳐보자고
내 목줄기를 콕콕 쪼아대네 무딘 내 열망을
쓰다듬어주네 날개 활짝 펼쳐
아, 너무 부드러워
결국 너와 나의 딱딱한 간격을 톡톡톡……
철장 쪼아대네
안으로 들어오라고, 들어와
홰대 하나 물그릇 하나 좁쌀 통 하나
함께 쓰자고
제 이름도 모르면서 오늘 얻은 새 이름마저 나를 주네
억— 억—
목이 메어 아직 덜 익은 거리의 노래를 부르잖아
너의 노래~ 들어봐
아, 목구멍 벌리고 벌리고
습관 다 버리고 버리고
버려진 납작한 눈물 자국 찢고 찢어
던져주네
불러주네

하루의 자세

둥근달이 빨랫줄에 걸려 있구나 와이셔츠를
걷어낸 그 자리에

내 목을 조이느라 가늘어진 와이셔츠를 개어놓고
저녁밥 먹기 전엔 외가닥뿐이었는데 감감이
눈 감고 둥굴레차를 마시고 또 한숨 쉬고 난 틈에
슬며시 축축한 기억을 널어두었구나
뽀송뽀송해지라고

누가 입던 입성이기에
어디에서 빨았기에
저토록 눈이 부실까

어제가 내일인 오늘

어느새 땅거미 지고 아파트 가득 어둠이
깔리는데 어둠 밟고
너,
팔 벌리고 서 있구나

제4부

허공에 뜬 길

1.
갈 곳이 없어 아침부터 길을 나섰다

주간지 구인광고란과 쇼윈도 알프스 영상 사이를
빙하가 흐른다 암벽 위에 알프스의 양떼구름이 가볍게
떠 있고
양털 같은 클로버 꽃송이가
공원마다 촘촘하다

어린 계집아이에게 만들어주었던 꽃반지가 깔려
찬 이슬이 손가락을 적신다

양떼구름이 오전의 시간을 지우며 산을 넘어간다

산 너머 계집아이를 만나러 가듯
클로버꽃을 잔뜩 뜯어 들고
공원을 건넜으나 구름이 넘어간 알프스까지는 너무 멀다

날개가 없어 그런가

건너오지 말라는 듯
빙하의 절애絕崖가 손바닥 같은 균열을 펼쳐 보인다

2.
꽃반지를 손가락에 끼어본다 열손가락에 다 끼어본다

나비 한 마리 공원을 건너간다
훨 훨
발령이 난 듯

어느 꽃밭이기에 클로버꽃은 거들떠보지도 않고
서둘러 저렇게 떠나는 것일까

나비가 끌고 가는 허공의 길이 점점 길어진다
내가 멀어진다

세상은 때로, 아주 먼 곳으로 자리를 옮긴다

두 얼굴

성내천* 돌다리 가운데 한 남자가 걸음을 멈추었다 청둥오리처럼

목을 굽히고 물속을 들여다본다

구겨진 얼굴이 수면에 걸려 푸르딩딩하다

그는 양말을 벗고 물속에 발을 담갔다 물살을 거칠게 휘저었으나 아무에게도 들키지 않았다 하얀 발이 물속의 검은 얼굴을 밟자

빨래처럼, 어떤 삶이 헹구어졌다

눈을 감았다 남자의 목표는

사소한 것이 아니었으므로 개천 물은 흐름을 멈추지 않았다

물고기는 막대그래프 높이만큼 뛰어오르려 하였으나

그의 욕망은 물살에 걸려 멈추었다 저녁 구름은 하류로 하류로 쉬지 않고

윤리의 굳은 돌다리 밑을 흘러갔다

누가 길짐승처럼 사납게 남자가 두 발로 튀긴 물방울 같은 과거의 실적을 비난하랴

남자는 눈을 떴다

마침내 결심한 듯 그는 개천 물에 헹궈진 하얀 발을 건
져냈다
　패장의 애마가 말발굽을 들어 올리듯
　남자는 검푸른 물속에 잠겼던 불행한 기억을 들어 올렸다
　돌다리 위에 물방울이 흩어졌다 연막처럼
　습한 대기는 그의 가슴을 천천히 들이마셨다 위태롭게 젖
은 돌다리가 하얀 발밑에서 흔들렸다

　물속에 잠긴 검은 얼굴이 내 발을 바라보았다

　그제야 확인했다 물 밖에서의 발은 결코
　지느러미가 아니라는 것을

● 성내천: 송파구 남한산성에서 한강까지 흐르는 실개천.

실종

장마가 지나갔다
땅속에 묻힌 검은 묘비가 드러났다

—한 여자만을 사랑한 시인
   여기에 잠들다

산새들이 울었다
그가 사랑한 여자와 그가 사랑하지 못한 여자들처럼

그리고 겨울,

눈이 내렸다

산새들이 울었다
시간의 지층이 된 나를 찾지 못해

헌책방

주인이 세상을 떠났다
책 더미 사이로 그가 남긴 하늘이 내다보였다
그가 편안히 등을 기댔던
벽은 그의 굽은 등처럼 불행한 책을
기대놓고 있었다

소파엔 그가 깔고 누웠던 책 그늘이 깔려 있었고
그의 몸에서 떨어져 나온 책 먼지도 식탁 주위를 배회했다

오이 감자 파프리카 양배추 껍질이 도마로 쓰던 요리책
겉장에 들러붙어
그를 기다렸다 평소 같았으면 불쾌해했을

나는 그의 이름을 불러보았다
나를 떠나지 못한
헌책방 주인 사망 뉴스가 보도된 적 없으니
하늘에는 아직 가지 못했으리

모르지 어쩌면 그는
책 속으로 숨어든 것인지도

갯벌, 건너 갯벌

서해 바다 골뱅이가 출장을 간다

휴일에도 태평양을 향해

쉬지 않고

낙조落照 깔린 갯벌을 기어간다

달빛 아래

파도 넘고 파도 넘어

눈 동그랗게 배 밑에 깔고

등짐 하나 걸머지고 간다

명령서가 없어 출장비가 없는 출장

휴일 아닌 휴일!

다 지나가겠다

썰물 없는 밀물의 바다가

나를 가둔다

반덧불이 날다

새벽에 어둠이 가라앉은 물컵을
마셨다
갈증이 실눈을 뜬다
뱃속에 맑은 빛의 냇물이 흐른다
어린 시절 언덕 아래로
흐르고, 흘러내려

내 가슴속 그늘을 가라앉힌다, 가라앉혀
하얀 젖니로 어둠을 물고 추억을 빤다
조물조물 빤다 맑게 고른다 동그랗게 벌어진
목젖이
밤을 평평하게 고른다
서러움을 둥글게, 시려움을 말랑하게 품다 말고
박꽃 잎 물듯 저 혼자 웃는다

굳은 어깨 근육이 어두운 거실을 들어 올린다

처음의 여름이자 마지막 여름이
올해에도 당도해 있다

보름날의 어둠

누가 내다 버린 꽃다발인가 언덕 위에 달맞이꽃이 널려
있군요

노랑꽃과 노랑꽃 사이에

눈이 동그란 검은 폐타이어도 누워

굴러 내려가지 못해 가파른 비탈길을

내려다보고 있군요 달빛이 아무리 밝아도 떠나지 못하는

달맞이꽃 곧은 줄기 끝마다

한 송이씩 금빛 꿈이 피어나 눈이 부시군요 깊고 깊은 산
멀고 먼 묵정밭

아무도 찾지 못해 달만 바라봐야 하는 달맞이꽃.

오늘은 폐타이어를 향해 흔들리고 있군요

내가 땅바닥까지 쑥 꺼진 외눈을 뜨고

너만 바라보듯이 어두워 밝게 빛나는

보름달 뜨는 날,

장마가 지나가고 하늘이 잘 마른

기도하기에 좋은 밤이로군요

버려져도 괜찮은 어둠이군요

청둥오리의 저녁 식사

청둥오리가 빵을 쪼아 먹고 있다 산책길에

노인이 던져준 식빵 조각을 삼키고 있다

나는 벤치에 앉아 휴대폰 문자를 읽고 있는데

이별하지 못한 여자가 '이별'을 하잖다

빵을 다 삼킨 청둥오리가 날아간다 하늘 끝으로

날아가 멀어진다 멀리 너무 멀리

산을 넘어가다 주둥이로 구름을 쪼았나?

구름에 젖은 석양빛이 너무 날카로워

눈이 아픈

저녁 식사 시간이다

빨랫줄

어머니의 세월이 그렇게 흘렀습니다

봄밤

삭뚝, 가위로 잘라낸
검은 하늘에
초승달 하나 댕기들이듯
꽃 꿈을 꾼다

빗방울 부서져
나뭇가지 끝에 맺힌
색色……

사슬이었던 시간을 풀어낸다

목욕하는 꽃

피어서
그녀는 목욕하다 진다

태양과 바람과 달빛과 눈 비 이슬 구름 청춘……으로만
몸을 씻는
그녀는 산책도 하지 않는다

비바람이 뿌리까지 씻어 말려줄 때까지
기다린다

동백꽃

낡기 전에
떨어지는
별

*

!

바다로 가는 버스

바다로 가는 버스를 탄 여자는 이미 바다다

손잡이가 없어
흰 젖가슴이 출렁이는

바퀴 달린 의자는
자꾸 낮은 곳으로 키를 낮춘다

배관공 권씨

그는 화원의 꽃 이름을 모른다 소크라테스도 모른다

―5mm 55mm 255mm

화원의 밑바닥 파이프 구멍 크기만 안다

화원의 밑바닥 파이프 구멍을 기어

도시를 빠져나가는

수채 구멍의 끝은 바다

플라톤을 몰라도 모차르트를 몰라도

그는 떠나지 못한

도시의 가슴에 파이프를 밀어 넣고 있다

숨구멍을 찾아 어둠을 뚫고 있다

유산

아버지가 남겨준 책장에서
종이쪽지가 쏟아져 나왔다

밖에는/ 말이 없구나/ 말/ 할
미안하다/ 지도를 그려본다/ 없어/ 하나가
남겨줄 게/ 사랑한다는/ 있는 것 같다
혹시/ 아직/ 붙이지 못한/ 필요할지 몰라
바다/ 이름을/ 남태평양에
섬……*

쪽지엔 시든 벚꽃 잎 한 장 눌어붙어 있다
등고선 표시 없는 보물섬 지도를 보증하듯

치매를 앓던 아버지의
꽃잎은 아버지의 섬에 뿌려졌다
종이쪽지처럼

날개가 하나뿐인 채

알 수 없다 아버지는 하나의 날개로

어떻게 세상을 건너갔을까

● 남겨줄 게 없어 미안하다
사랑한다는 말밖에는 할 말이 없구나
혹시 필요할지 몰라 바다 지도를 그려본다
아직 이름을 붙이지 못한
섬 하나가 남태평양에 있는 것 같다…….

꽃잎들

철거예정지역 담장 위에 장미가 피었네 언제 떠날지 몰라
붉게

나는 버려진 의자에 앉아 장미의
예감과 예언을 듣네

향기가 나지 않아 바람이 모두 실어 가버린
가시가 돋쳐 혓바늘처럼 따가운 담장 그 텅 빈
틈으로 누가 들어오려나
꽃잎 흔들려 살짝 〈철거〉 표시를 가려주네

기둥과 벽 사이에
바닥과 천정 사이에
우울과 절망

흩어지지 말자고 흩날릴 때까지 꼭 붙어살자고
사기그릇과 녹슨 포크 비키니 옷장 여행용 가방 곰인형
털구두 소주병 화장품 세트 기억이 금 간 유리창 안에 모두
모여 앉아 수줍게

내 눈길을 피한다

바람이 불 때
흔들리지 않으려고

사람이 떠난 자리에만 머무는
나의 꽃잎들

벚나무 그늘 밖

가을비 소리를 듣는다
조율되지 않은 나뭇잎 건반 두드리는 소리

벚나무 그늘 아래 시간이 멈춘다 거리의

빗방울이 나뭇가지의 직선을 두드린다
어깨 결리도록 진한 벚꽃 향기 같은
너의 목소리를 재생한다
두 귀가 축축해진다 아직 시간이 되지 않았지만

잊을 수 있을 것 같다

두드려도 두드려도 딱한 색감
머뭇머뭇 선한 무늬

그날처럼 미처 완결하지 못한 악보 다 날려버리고
빗방울 연주는 끝났다 앙코르 없이
잠시 떠났던 거리를 숙연히
벚나무 낙엽 악보 위를
걷는다 숙연히

나의 발자국 연주를 들어주는 벚나무
바닥을 더듬어
그늘 밖으로 탈출을 시도하는 11월

낙엽화폐*

⑤ 고이	⑧ 맑은	② 함께 걷던 그 길,	⑩ 교환해 드릴게요	⑥ 간직해 주시면
③ 가로수 낙엽	⑦ 어느 날,	① 기억나시 나요	④ 몇 장 보냅니다	⑨ 그리움 으로

• 실선을 찢어서 번호별로 읽고, 훌훌 뿌려주세요. 그 길에

126

기억의 침전물들: 생태사회학 혹은 해체된 존재의 집

김석준(시인·평론가)

1. 글을 들어가며

아서 단토는 『무엇이 예술인가』에서 모더니즘 이후의 예술적 가치를 대변해주는 단 한마디의 말을 자본이라고 일갈했다. 물론 그것이 인상파 이후의 회화 예술에 관한 언급이기는 하지만, 자본은 미의 심미적 가치를 판단하는 궁극적인 기재로 작용하는 동시에 미 그 자체가 자본에 종속되는 굴욕감을 안긴 반어의 실재이기도 하다. 왜냐하면 21세기를 완벽하게 장악하고 있는 자본은 미의 본질과 전혀 상관없는 투자승수로만 미적 가치를 판단하는 왜곡의 실질적인 주체이기 때문이다. 자본 앞에 미의 본질이 철저하게 해체되고 재구성된다. 말하자면 자본화가 가능하지 않은 예술은 더 이상 예술의 자격을 부여받을 수 없을 뿐만 아니라, 역으로 그것은 자본의 패러다임 내부에서 생성된 가치만이 예술로 고양될 수 있는 가정을 성립시킨다. 따라서 자본의 타자로 존재하는 문학예술은 더 이상 새로운 미적 이념을 언어 내부에 각인시키는 것이 불가능하거나 이미 고사 직전이라고 보아도 무방하다.

이는 단지 아우라 즉 예술적 영기가 생산되는 숭고한 의식의 문제만을 함의하지 않는다. 예술 너머에 위치한 자본의 생태에 관한 문제이다. 더 이상 예술은 자본 너머의 세계를 꿈꿀 수 없을 뿐만 아니라, 자본의 시녀로 전락하여 그것의 요구에 철저하게 부응해야만 한다. 자본이 더 나은 삶에 관한 희망을 이 세계로 가지고 온 것도 사실이고, 자본이 유토피아적인 이념을 완벽하게 실현시키는 현실적인 도구로 간주되는 것 또한 사실이다. 그러나 우리는 바로 이 지점에서 자본의 또 다른 야누스적인 본성, 즉 착취로 점철된 소외의 야만적인 역사의 주체가 바로 자본이라는 사실을 명심해야만 한다.

그런데 권혁수 시인은 자본으로부터 아주 멀리 떨어져 있는 시를 통해서 기억의 심연에 침전된 타자의 모습을 섬세한 시선으로 그려내고 있다. 특히 금번 상재한 『얼룩말자전거』는 인간학적인 진실을 명상하면서, 기억의 심연에 침전된 다양한 삶의 양태를 언어의 수면으로 끌고 와 말―세계가 진실의 언어로 육화된 것임을 증명하고 있다. 설령 이 세상에 남아 있는 시인들의 얼굴이 "한심한 얼굴"이거나 "알량한 얼굴"(「시인의 말」 중)처럼 보이기는 하지만, 따라서 시가 드러낼 수 있는 말들이 그리 숭고한 것으로 느껴지지도 않지만, 권혁수 시인은 그러한 척박한 자본의 현실에도 불구하고 말—사태 전체를 따스한 감성으로 봉합하면서 이 세계가 사랑의 전언으로 충일하기를 열망하고 있다.

기억의 심연에 침전된 추억의 유산은 슬프지만 아름다운 인간학적인 현실을 재현할 뿐만 아니라, 이 세계가 인륜적인 공간임을 증명하는 언어의 진실이다. 때론 인간과 세계 사이에 놓인 보이지 않은 균열을 한 땀 한 땀 정성스레 봉합하면서, 때론 추억의 심연에 기입된 아버지의 유산을 사랑의 음률로 애절하게 노래하면서, 시인은 자신에게 속한 모든 것들을 생태사회학적인 시선점에 응결시키고 있다. 이 세계는 너—나의 관계가 직조하는 상호타자의 공간이자, 얼룩말과 당나귀 사이에 기입된 비극의 기호를 유미적으로 승화시키는 사랑의 공간이다. 설령 그것이 사라져 소멸하는 것으로 인간학적인 현실을 재현하지만, 시인의 기억은 해체된 존재의 집을 복원하는 진실의 장소이자, 나—너의 관계를 인륜성으로 고양시키는 미학적인 공간이기도 하다.

시라는 마물 앞에 다가가 스스로를 성찰하고, 또 기억의 유산을 우리 모두의 존재의 유산으로 복원시킨다. 아니 권혁수 시인에게 있어서 『얼룩말자전거』는 미발에 그친 소통양식이자, 잠재적 가능성으로 남아 있는 문학의 조건들을 탐색하는 하나의 과정 위의 산물인지도 모른다. 그것이 어떠한 방식으로 재현될지 모르지만, 따라서 미래의 언젠가 하나의 새로운 트렌드로 자리 잡아 문학의 존재론적 양태를 완벽하게 변신시킬지도 모르지만, 그것은 언어와 세계가 만나는 정신의 새로운 유산이자, 서글픈 존재사를 새롭게 조망하는 언어의 사명이다.

다시 시라는 마물 앞에 숙연히 추억에 잠긴 채 기억의 침전물들에 응고된 말의 정체가 무엇인지 숙고하게 된다. 21세기의 자본의 현실 속에서 시가 감당해야 할 몫은 무엇인가? 알량한 시인의 얼굴을 하고서 우리는 어떤 언어를 예인할 때, 가장 잘 살아낸 운명의 시인인가? 오늘도 시인은 얼룩말자전거를 타고 온 세상을 주유하면서 말과 세계 사이에 놓여 있는 진실을 찾아 헤매고 있다. 설령 시의 현실 앞에 점점 더 암울한 전조가 어슬렁거리고 있지만, 따라서 나—너의 관계를 포획하는 의미의 질량이 자본의 함수로 환원되어 모든 것들을 물화시키지만, 시인 권혁수는 양육강식이 지배하는 21세기의 야만적인 자본의 현실을 따스한 사랑의 전언으로 포월하고 있다. 기억의 심연에 가라앉은 침전물들을 사랑의 기호로 공명시키면서, 이 세계가 아버지의 유산으로 가득 차 있는 애절한 상생의 공간임을 드러내 보여주고 있다.

가슴이 알싸해진다!

2. 생태사회학의 원근법: 슬픈 꿈, 아픈 현실

주체와 객체 사이의 거리가 너무 멀어 서로 소통할 수 있는 담론의 장을 만드는 것이 불가능하다. 관계는 왜곡 전도

되어 있고, 인간학 전체를 물화시킨다. 까닭은 자본의 이념이 상생의 리듬을 잃어버린 채 자본 그 자체의 증식만을 목표로 삼았기 때문이다. 잔인하고 극악무도한 생존의 논리만이 무감각하게 용인된다. 모든 것이 자본의 이름으로 용인되고 허여되었으며 마침내 너—나의 관계 전체를 죽음의 기호로 채색하기에 이른다. 분명 권혁수 시인의 『얼룩말자전거』는 이 세계 도처에 존재하는 소외된 타자에게 시선점을 응고시키고 있는데, 그것이 바로 진실의 언어를 압박하는 시인 특유의 원근법적인 시선이라 하겠다. 때론 동화적 상상력의 공간을 슬픈 꿈으로 채색하면서, 때론 이 세계에 산종되어 있는 아픈 현실을 내밀하게 응시하면서, 시인은 생명의 여여한 흐름을 시말 속에 육화시키고 있다.

그러나 점점 꿈이 작아지고 마침내 인간학 전체를 사산시킨다. 아니 보다 정확하게 말해서 권혁수의 그것은 아프고 슬픈 현실에게 다가가 소외된 타자의 형상을 시말 속에 응고시키고 있는데, 그것은 바로 이 세계가 처한 냉혹한 생태사회학적인 현실이다. 삶과 세계의 원근법적 거리는 더 이상 좁혀지지 않은 채 너—나의 균열만을 노래하게 된다. 희망이 철저하게 거세된다. 희망을 희망할 수 없는 것이 더 나은 삶을 위한 역설로 작용하였으며 시말 내부에 절망의 전언만이 포획된다. 어쩌면 권혁수 시인이 말한 것처럼, 자본의 폭력에 길들여진 21세기를 살아간다는 것은 그리 행복하지만은 않을 뿐만 아니라, 가슴의 언저리에 늘 "슬픈 무지개"(「바퀴의 속성」 중)를 끌어안고 살아가는 암울한 숙명의 길인지도 모른다.

> 토끼가 먹고 싶은 여자 1
> 개소주가 먹고 싶은 여자 2
> 비둘기와 앵무새가 먹고 싶은 여자 3

> 여자 1은 남편에게 물개를 먹였다
> 여자 2는 정부에게 자라를 먹였다
> 여자 3은 사위에게 뱀을 먹였다

> 태어난다는 건
> 포식의 대물림이다

> —「에덴건강원 4」 전문

총 4편에 달하는 「에덴건강원」 연작은 낙원으로부터 추방된 추악한 인간의 실재를 역설적으로 드러낸 수작이다. 그것은 삶의 알레고리적 구성물이자, 욕망의 주체가 처한 엄연한 현실이다. 죽음이 욕망된다. 삶은 죽음이 변주된 존재의 역설이자, 죽음을 통해서만 지속 가능한 모순의 사태이다. 따라서 욕망하는 주체는 탐욕에 빠진 주체이자, 상생의 리듬을 잃어버린 죽음의 주체이기도 하다. 만족을 모르는 현대인 혹은 "포식의 대물림". 산다는 것은 섬뜩하다 못해 늘 낯선 불길함의 징조에 포획된 타자 죽음의 역설적인 욕망이다. 나는 영원한 향유의 주체이고, 너는 소모적인 죽임의 대상이다. 오늘도 우리는 에덴건강원을 찾아가 더 나은 삶을 충족시키기 위해 게걸스럽게 "토끼, 개소주, 비둘기, 앵무새" 등등을 먹으며 리비도를 자극하고 있다. 따라서 익명의 "여자1,2,3"은 우리네 삶을 대변하는 욕망의 자화상일 뿐만 아니라, 모든 삶의 의미를 성적 의미로 환원시키는 에로티즘의 주체이기도 하다. "물개와 자라와 뱀" 등의 보양식품을 먹으며 짜릿한 불륜을 꿈꾼다. 생은 언제나 욕망할 수 없는 욕망의 대상에게 리비도를 집중하게 되는데, 그것이 바로 「에덴건강원 4」의 시적 정체라 하겠다.

어쩌면 산다는 것은 조금씩 희망을 잃어가며 자신에게 속한 감각을 충족시키는 향락의 향유이자, 편집증적인 욕망의 과잉 상태를 폭발시키는 해체의 순간인지도 모른다. 설령 그것이 죽음을 자초하는 욕망일지라도, 포식의 대물림은 향락의 전이로 대물림되어 이 세계 전체를 욕망의 공간으로 물화시킨다. 이를테면 권혁수 시인의 시말들은 "절망의 길"(「그 곳의 정체—춘천 중앙시장」 중) 위로 내몰린 다양한 생명의 양태들을 새로운 시선점 위에 응결시키면서 참된 존재의 길을 모색하는 존재 그 자체의 언어라 하겠다. 때론 "정부"와 "사위" 사이에 음탕한 욕망의 언어를 매개시키면서, 때론 리비도가 분출하는 의식의 심연을 예리하게 터치하면서, 시인은 진정한 삶의 양태가 무엇인지를 역설적으로 드러내 보여주고 있다.

에덴의 이쪽과 저쪽 어디에도 영원은 없고, 가열한 욕망의 충족만이 있다. 그렇다면 시말이 견지해야 할 태도는 무

엇인가? 만약 시인의 그것이 삶과 죽음 사이의 균열을 생태
사회학적인 관점에서 서술하고 있다면, 인간학이 정박하는
최후의 정착지는 어디인가? 에덴건강원엔 삶은 없고, 주검
만이 "스팀찜통"(「에덴건강원 3」중) 안에 부려진다. 생명에 속
했던 그 모든 것들이 속절없이 으스러지고 녹아내려 타자의
탐욕의 대상으로 전락하게 된다. 물론 앨런 와츠가 『물질과
생명』에서 말한 것처럼 생명은 다른 생명의 에너지로 순환
함으로써 그 소임을 충실하게 다하는 것은 분명하지만, 따
라서 탄화되고 산화되는 것에 의해 모든 생명의 체계가 지
속되는 것 또한 사실이지만, 시인은 죽어가는 것에 대한 연
민의 시선을 시말 속에 응고시키며 생명에 대한 참된 의미
를 구경究鏡하고 있다.

　　에덴건강원엔 박테리아가 없다

　　둥글게 윤나는 스팀찜통만 있다
　　　　　　　　　　　　　　—「에덴건강원 3-박테리아」 부분

　　목구멍 가득 터지지 않는 비명만큼
　　물을 삼켰다 물이
　　비명을 삼켰다
　　　　　　　　　　　　　　　　—「에덴건강원 2」 부분

　　에덴을 벗어나면, 거기부터

또 다른 에덴이 시작된다

—「에덴건강원 1」부분

생을 욕망하면 할수록 죽음이 눈앞에 선명하게 부조된다. 에덴과 에덴 사이에 이중성이 매개된다. 까닭은 그 지점에 꿈과 이념이 함몰된 인간학적인 현실이 고스란히 기입되어 있기 때문이다. 그곳은 환상이고 몽환이 살아 숨 쉬는 동경의 대상인 동시에 가열한 욕망을 표상하는 알레고리적 현실이다. 그곳은 생명의 지옥이다. 그곳은 젖과 꿀이 흐르는 가나안 어디쯤이다. 에덴의 이쪽과 저쪽 사이에서 파열하고 해체되어 뜯겨져 나가는 욕망의 현실만이 선명하게 부조된다. 말하자면 권혁수 시인이 전개한 일련의 시 말운동은 두 에덴 사이의 균열을 생태사회학적인 시선점에 응결시키고 있는데, 그것이 바로 「에덴건강원」 연작의 시적 정체라 하겠다.

탐욕으로 물든 병든 우리의 사회상을 여지없이 드러내 보여주었으며 또 역으로 참된 생명의 의미가 무엇인지 성찰하게 만든다. 탐욕의 희생양 혹은 의미 없는 죽음. 가뭇없는 생명이 잔인하게 도살되고, "비명" 소리가 환청처럼 들려온다. 아마 에덴의 저쪽에서 들려오는 원혼의 소리일 게다. 어쩌면 산다는 것은 그리 아름다운 꿈이 아닐지도 모른다. 아니 먹고 자고 배설하고 욕망하는 그 반복의 삶은 하나의 숙명적인 족쇄일 뿐만 아니라, 너—나의 관계를 죽음의 관계로 표현하는 존재의 역설이다. 우리는 죽음을 욕망하는 존재의 타자이다. 물론 시인의 그것이 희망이 거세된 에덴의 저쪽을 섬뜩하게 그려내고 있지만, 따라서 그 모든 욕망이 묘파되는 언어의 진실이 죽음의 질곡으로 빠져드는 생령들에게 집중된 것 또한 사실이지만, 시인은 일련의 잔혹한 장면을 "눈물"과 "비명" 소리로 환기시켜 생명 그 자체에 대한 구경적究竟的 의식으로 고양시키고 있다.

이 도시를 질주하는 익명의 K에게 욕망이 포획된다. 그는 도시의 음험한 사냥꾼일지도 모른다. 아니 익명의 K는 꿈이 사산된 아픈 현실을 반조하는 의식의 거울이다. 따라서 에덴은 삶에도 속해 있지 않고, 죽음에도 속해 있지 않은 마성적인 공간이다. 그것은 삶과 죽음이 서로 엇물린 건강원 한복판에 자리 잡고 있는 인간학적인 현실, 즉 생명의 형식이 처한 슬픈 운명을 총체적으로 드러내 보여주는 실재이다. 오늘도 K는 욕망을 배달하는 죽음의 전사처럼 도심을 질주하고 있다. 그 누군가의 탐욕을 위해 스팀찜통 속으로 가뭇없는 생명들이 투하된다. 보양식이라는 명목 하에 혹은 은밀한 욕망을 부추기는 향락의 전이를 꿈꾸며, K는 온갖 욕망의 형식들을 배달하고 있다. 자본화가 가능한 모든 것들이 사육 매매되었으며, 마침내 "개소주"로 "염소 엑기스"로 농축 판매된다. 하나의 생명이 여지없이 도살 향유되었으며 은밀한 욕망이 부추겨진다. 어쩌면 이 세계는 에덴의 동쪽에 위치한 죽음의 공간인지도 모른다. 왜냐하면 산다는 것은 죽음의 욕망 위에 축조된 살해 욕망이기 때문이다.

따라서 에덴건강원엔 진정한 사랑의 양식은 없고, 계결

스런 식탐만이 존재할 따름이다. 경외의 죽음은 온데간데 없이 사라지고, 그저 한낱 도착적인 욕망의 대상으로 전락한 주검들만이 널려 있을 뿐이다. 자본의 욕망에 길들여진 현대인들에게 더 이상 생명은 외경의 대상이 아니다. 우리는 익명의 K처럼 무기력하게 하루하루를 살아가거나, "건강원 김 사장"과 같이 자본의 노예로 전락한 채 무수한 생명들을 무참히 사지로 몰아가는 푸주한인지도 모른다. 따라서 익명의 K는 죽음을 욕망하는 현대인의 자화상일 뿐만 아니라, 너—나의 관계를 네크로필리아로 표현하는 의미의 실체라 하겠다.

　　막차가 떠났다
　　막차를 타지 못한 이들의 시선은
　　고압선을 붙잡고 떨어질 줄 모른다
　　새끼를 거느린 어미 개의 뱃가죽처럼
　　늘어진 그들의 어깨에 가로등이 위로의 빛을 비춰준다
　　이미 빛은 그들에게 아무런 소용이 없다
　　그들은 구부러진 발목을 내 그림자 영역 안으로 들여
놓는다

　　문 닫힌 전철 역사驛舍 앞에서
　　가야 할 역을 되묻는 할머니
　　시집간 딸 배웅하고 돌아서지 못하는 친정엄마
　　동창생 문병 가다 말고 발길을 돌려세운 중년 남자가

137

빛을 등지고 사라졌다
이별을 통보받은 사내만이 술 취한 어깨를 내게 기댄다

나는 그를 막지 않는다 나는
그의 막차다

—「가로등 옆 가로수」전문

존재 그 자체는 가열하고 생명의 길은 가뭇없이 참담하
다. 까닭은 21세기를 살아가는 현대인들에게 자본의 출구
를 찾는 것이 불가능하기 때문이다. 최소한의 생존 조건마
저 폐색된 채 길을 잃고 헤맨다. 그런데 권혁수의 시「가로
등 옆 가로수」는 브루클린으로 가는 마지막 비상구에서 서
성이는 다중의 타자들에게 어깨를 내어주며 희망의 등불이
되기를 염원하고 있다. 나는 너라는 이 세상의 모든 타자들
을 지키고 보살펴주는 희망의 "막차"다. 설령 시인의 그것
이 막차를 놓친 역사의 풍경을 소묘하고 있지만, 따라서 가
로등 옆 가로수를 의인화하여 이 세계를 위무하는 것 또한
사실이지만, 미지의 그 누군가에 "위로의 빛"을 비추는 행
위 하나만으로도 그것은 숭고한 행위임에 틀림없다.
    자본의 세기에 누군가의 빛이었고, 희망이었던 적이 한
번이라도 있는가? 그저 현대인들은 바쁘게 산다는 것만을
목적 삼는 일종의 생존 기계들이 아니었는가? 그 누군가의
막차가 되어 조용히 기다려준다. 아니 시인은 스스로가 막
차가 되고, 가로등이 되어, 마침내 이 세상을 굳건하게 떠

받치는 버팀목이 된다. 철저하게 개인화된 사회에 누군가에게 곁을 내준다는 것은 그리 쉬운 일이 아니다. 아니 모든 관계를 철저하게 경쟁 체제로 내몰아가는 21세기에 소외된 타자에게로 시선을 옮긴다는 것은 그리 생산적이지 않은 일임에 틀림없다. 그런데 시인 권혁수는『얼룩말자전거』전체를 슬픈 꿈에 응고시킨 채, 나—너 사이에 매개된 균열을 상생의 리듬으로 봉합하고 있다.

말하자면 시인에게 일련의 시말운동은 "흔들리는 것들"의 "제자리"(「살이의 방식」 중)를 찾는 것이거나 기억의 침전물들에 응고된 상흔을 치유하는 것임에 틀림없다. 왜냐하면 시인은 이 세상에 남아 있는 마지막 출구, 즉 아직 남아 있는 희망이라는 이름의 막차이기 때문이다. 생의 막다른 골목에 이르러 길을 잃고 헤매는 소외된 타자에게 조용히 다가가 힘이 되고 위안이 된다. 아픈 현실을 따스한 시선으로 포월하여 이 세계가 사랑의 공간으로 승화되기를 염원하고 있다. 설령 생존 기계의 실존적 욕망이 늘 먹고 먹히는 관계 속에서만 삶의 표현법을 완수해갈지라도, 슬픈 생의 꿈을 포월하는 사랑의 따스한 손길만이 진정한 구원의 주체가 될 수 있다고 믿고 있다.

3. 아버지의 유산 : 불안과 사랑의 현주소

자본의 이념이 절대적 위치를 차지하는 21세기에 시를 쓴다는 것은 그리 생산적인 일이 아닐 뿐만 아니라, "길 없는

길"(「동물원 가는 길」중) 위에서 존재의 의미를 복원하는 지난
한 일임에 틀림없다. "갈증 한 그릇"(「귀향, 혹은 낙향—해장국
집」중)과 존재의 불안을 달래기 위해 오늘도 시인은 얼룩말
자전거를 타고 무량하게 이 도시를 유랑한다. 도대체 우리
는 어떤 의미의 실재인가? 우리는 왜 아버지가 흩뿌려놓은
의미의 파편을 부여안고 말과 세계의 균열을 봉합하는 의미
의 존재여야 하는가? 금번 상재한 권혁수 시인의 『얼룩말자
전거』는 파편으로 산종된 의미의 지대를 퍼즐 맞추듯이 새롭
게 재구하고 있는데, 그것이 바로 아버지가 남겨놓은 유산의
실재이다. 때론 "돌아오지 않는 울음"(「명퇴 이후 2」중)의 정체
가 무엇인지 심문하면서, 때론 "안개의 눈물방울"(「오래된 거
울」중)에 기입된 아버지의 삶에 관한 추억을 성찰하면서, 시
인은 불안이 기입된 "기억"(「동물원의 날씨」중)의 침전물들을 따
스한 감성의 시선으로 봉합하고 있다.

불안이나 "막장의 고집"(「환생을 꿈꾸다」중)으로 점철된 "어
두운 지구"(「고물상 거울」중)에 "구원의 소리"(「미납된 봄」중)가 들
려온다. 까닭은 시인이 전개한 일련의 시말들이 "그리운 마
음"(「비누나무 열매」중)이 전이되는 사랑의 전언이기 때문이다.
짙게 패인 "얼굴 주름"(「첫눈」중)이 눈 녹듯이 사라진다. 아니
시인에게 시를 쓴다는 것은 기억의 심연에 잠재된 "마모된
통증"(「청계천 건너기」중)을 치유하는 숭고한 행위일 뿐만 아니
라, "욕망"과 "윤리" 사이에 침전된 "불행한 기억"(「두 얼굴」중)
을 위무하는 인륜적 행위이다. 오늘도 의미를 찾아 도심의
공간을 배회하며 참된 의미의 실재가 무엇인지 숙고하고 있

다. 물론 그 의미의 실재가 그리 쉽게 찾아지는 것은 아니지만, 따라서 늘 기시감을 느끼는 "어제가 내일인 오늘"(「하루의 자세」중)을 살아가는 숙명이 인간 앞에 놓여 있지만, 시인은 시말 내부에 "마술의 시간"(「반납하지 못한 책」중)을 매개시켜 인간학 내부에 침전된 불안을 사랑의 형식으로 고양시키고 있다.

빚 대신 콩팥을 어느 노인의 장부에 끼워 넣었다

된장찌개 다 먹고 출판사에 출근했다

빈 책상이 너무 넓었다
                              —「명퇴 이후 1」부분

〈선원 모집〉 광고를 보았다

가슴속에서 갈매기가 끼룩거렸다

몸집보다 큰 날개로 날고 싶었다
                              —「명퇴 이후 2」부분

"부도"가 났다. 아버지의 지난했던 삶이 불안으로 점철된 고난의 여정이었듯이, 우리네 삶도 "창문이 없는 골방"(「골목의 습성」중)에서 "불행한 책"(「헌책방」중)과 씨름하며 절망의 나날들을 보내고 있다. "명퇴"를 했다. 날고 싶지만 더 이상 날 수 없고, 더 나은 미래를 꿈꾼다는 것은 불가능하다. 21세기 자본의 현실은 점점 희망의 원리로부터 멀어져 출구가 부재한 절망의 삶으로 내몰아가게 되는데, 그것이 바로「명퇴 이후」연작에 드러난 언어의 실체이다. 모든 것이 타자화된다. 모든 것들을 타자로 소외시킨다. 이 세계는 책임질 수 없는 것들로 구조를 이루고 있으며, 어느 누구에게도 책임을 물을 수 없는 무관심의 대상이다. 희망의 인간학과 생태사회학적 비전이 완벽하게 괴멸된다. 아니 보다 정확하게 말해서 모든 책임으로부터 면제되어 분열로 치닫는 자본의 정치경제학적 지평 내부에 인간학은 그저 파편으로 해체된 명예퇴직 이후의 인간 군상들을 가열하게 그려낼 뿐이다.

자본으로부터 소외가 노동으로부터의 소외를 적극적으로 추인할 뿐만 아니라, 이 세계를 불능의 공간으로 묘파하기에 이른다. 말하자면 시인은 희망이 거세된 채 오늘도 "〈선원 모집〉 광고" 앞을 기웃거리며 자본의 타자로 무기력하게 침몰하는 명퇴자의 모습을 담담하게 소묘하고 있다. 사회가 책임지는 것은 아무것도 없다. 사회는 무기력의 표상이다. 그저 "부도 직전 출판사에 부사장"으로 들어가 무의미한 삶을 연명하거나 "오늘"을 "어제"와 똑같은 무기력한 삶의 형상으로 데자뷰시키면 그만이다. "금빛 꿈"(「보름달의 어둠」 중)들을 사산시킨다. 왜냐하면 명예퇴직 이후의 삶은 점점 가난으로 내몰리는 빈자의 삶 그 이상도 이하도 아니기 때문이다. 물론 안토니오 네그리는 그 빈자의 형상을 통해서 참된 혁명의 사회를 꿈꾸지만, 도대체 빈자의 혁명은 가능한 꿈으로 구체화될 수 있는가?

권혁수의 그것은 명확한 답을 주지 않는다. 그저 시인은 자본주의 현실이 그려내는 참혹한 형상을 담담하게 소묘하면서, 아버지의 유산을 사랑의 형식으로 고양시킬 따름이다. 자본의 현실 속에서 안온한 꿈을 꾼다는 것은 가능하지 않을 뿐만 아니라, 늘 "빚" 더미에 쌓인 채 장기 밀매를 하게 된다. "콩팥 수술"을 하게 된다. 고리대금업자일지도 모르는 "어느 노인"에게 진 빚을 청산하기 위해 대신 콩팥을 잘라 주었으리라. 아버지의 꿈들이 전세로 사글세로 내몰려 궁극에는 장기 매매로 이어진다. 인륜적 삶이 철저하게 붕괴된다. 마치 후기산업사회를 지배하는 자본의 논리가 인간의 숭고한 가치조차 상품으로 판매하듯이, 시인은 장기 매매와 선원 모집 광고 사이를 서성이며 참된 인륜성이 무엇인지를 숙고하고 있다.

어쩌면 권혁수 시인에게 아버지가 남겨놓은 저 사랑이라는 이름의 유산만이 자본 너머의 세계를 희망할 수 있는 유일한 자산인지도 모른다. 설령 어느 누구도 책임자로 자처하지 않고, 그저 수수방관만 한 채 소외된 타자만을 양산하는 것이 자본의 논리인 것처럼 보이지만, 시인은 자본으로부터의 소외를 온몸으로 감내하는 명예퇴직자에게 다가가 그들을 위무하고 있다. "내일은 맑을 것이다". 내일은 더 나은 미래일 것이다. 오늘도 권혁수 시인은 얼룩말자전거를 타고 다니며 자본의 타자로 내몰리는 현대인의 서글

픈 자화상을 예민한 시선으로 반조하고 있다. 가슴 아픈 현
실을 혹은 더욱 더 "울음"으로 깊어지는 긴 한숨을 따스하
게 감싸 안고 있다.

   ─오늘 감. 돈 준비 해욤…ㅋㅋ…

   스마트폰 전원을 껐다 2호선 지하철역에서 낯선 문자가
   하루를 정지시켰다
   '오늘 감'의 그는 끝내 오지 않았다
                                    ─「불안한 순환선」 부분

   휴일 날,
   포탄의 휘파람 소리에 놀란 당나귀 울음소리 들으러
   폐허 속 동물원으로 힘차게 달려가 보는 거야
                                    ─「얼룩말 당나귀 자전거」 부분

   지구 한쪽에서는 자본의 욕망으로 인해 불안한 나날의 연
속이고, 그것의 다른 한편에선 늘 이념과 전쟁 중이다. 이
세계는 하루도 편할 날이 없다. "불안"은 돌고 돌아 존재의
자리로 되돌아와 모든 의미의 중심에 "돈"을 위치시키게 된
다. 말하자면 현대성을 관통하는 의미의 주체는 자본의 표
현법에 고스란히 기입되어 있는데, 그것이 바로 "불안한 순
환선" 위를 타고 전달된 익명 "문자"의 정체이다. "오늘 감.
돈 준비 해욤…ㅋㅋ…" 도대체 무엇을 준비하고, 또 자본은

어떤 용도로 누구를 위해 사용되는가? 아니 21세기를 달구는 자본의 표현법이 점점 비인간화를 치달아갈 때, 우리는 자본 내부에 상생의 묘법을 각인시킬 수 있는가? 길을 잃고 헤매다 불안의 "그림자"에 포획된 채, 자본의 음흉한 기획에 나포되어 참된 존재의 길을 사산시키기에 이른다. 왜냐하면 이 세계는 피싱이나 스미싱 문자가 만연해 있는 기만의 공간이기 때문이다. 자본을 절취하기 위해 수단 방법을 가리지 않을 뿐만 아니라, 탈법은 물론 위법까지 자행하기에 이른다. 따라서 이 세계는 자본의 순순환이 이룩한 "솜사탕구름"(「기린과 아카시아」 중) 같은 꿈의 낙원이 아니라, 악순환만을 양산하는 불신의 공간일 따름이다. 설령 권혁수 시인이 전개한 일련의 시말운동이 "얼룩말 당나귀 자전거"에 실려 동심의 세계를 펼쳐 보일지라도, 그것은 이미 "굳어진 질서"(「수평선을 옮기다」 중), 즉 종교적 이념이 만든 환멸의 징후임에 틀림없다.

그러다 문득 삶이 무료하고 권태로울 때, 시인은 강렬한 이끌림에 의해 얼룩말자전거를 타고 고수부지를 질주하며 명상의 시간에 잠긴다. 이 세계의 분열의 원인은 무엇인가? 왜 우리는 전쟁을 일삼으며 서로가 서로를 증오하는 운명의 적대자인가? 담론은 분열되어 갈등을 조장하고, 이 세계가 르쌍띠망의 구조를 이루고 있음을 직감하게 된다. 특히 권혁수의 시 「얼룩말 당나귀 자전거」는 치명적인 원한 지점에 매개된 이 세계의 왜상歪傷을 간접적으로 드러내 보여주고 있는데, 그것이 바로 얼룩말과 당나귀 사이에 기입된 분열의 징후이다. 한시도 평화를 구가했던 적이 없다. 늘 전쟁을 도모하거나 전쟁 중이다. 왜냐하면 이 세계는 봉합이 불가능한 이념의 대립물들로 피바람을 일으키기 때문이다. 지금도 여전히 중동의 가자지구 한 켠에선 성전이라는 명목 하에 자살 폭탄 테러가 자행되고 있으며 이 세계가 갈등과 불안의 공간이라는 사실을 직감하게 된다. 아니 보다 정확하게 말해서 얼룩말 당나귀 사이에 침전된 이데올로기의 잔유물들은 진리를 희롱하는 알레고리인데, 진리의 실재이고 믿어지는 모든 이념의 구성물들이 그리 숭고한 것이 아니라는 사실을 반증하고 있다. 따라서 "폐허의 동물원"은 불안과 공포로 점철된 이 세계의 현실이다.

물론 시인의 그것이 드넓은 사바나가 펼쳐진 "아프리카 초원" 위를 무한 질주하는 몽상을 시말 속에 응고시킨 것처럼 보이지만, 따라서 말의 표면에 유년의 드맑은 "꽃 꿈"(「봄밤」 중)을 산종시켜 이 세계의 비극성을 완화시키기는 했지만, 어찌 그것이 말의 실상일 수 있겠는가. 말의 실상은 "포탄"과 "불발탄"이 즐비한 중동의 "팔레스타인"을 지시하는 분열의 세계상 그 자체이다. "천사들의 햇살"은 사라진 지 이미 오래고 분열로만 치닫는 팔레스타인의 "가자시티"엔 매캐한 포연만이 가득 차 있을 뿐이다. 어쩌면 이 세계는 서로 다른 이념의 구성물로 짜인 증오의 공간일 뿐만 아니라, 너―나의 관계를 원한으로 가득 채운 불모의 공간인지도 모른다. 오늘도 시인은 "자전거의 운명"에 몸을 내맡기며 도심 "아스팔트" 위를 질주하며 사랑의 알파와 오메가가 무엇인지

가슴 깊이 성찰하고 있다.

아버지가 남겨준 책장에서
종이쪽지가 쏟아져 나왔다

밖에는/ 말이 없구나/ 말/ 할
미안하다/ 지도를 그려본다/ 없어/ 하나가
남겨줄 게/ 사랑한다는/ 있는 것 같다
혹시/ 아직/ 붙이지 못한/ 필요할지 몰라
바다/ 이름을/ 남태평양에
섬······

쪽지엔 시든 벚꽃 잎 한 장 눌어붙어 있다
등고선 표시 없는 보물섬 지도를 보증하듯

치매를 앓던 아버지의
꽃잎은 아버지의 섬에 뿌려졌다
종이쪽지처럼

날개가 하나뿐인 채

알 수 없다 아버지는 하나의 날개로
어떻게 세상을 건너갔을까

—「유산」 전문

147

사랑은 파편처럼 "흔적"(「달의 운행」 중)으로 남아 이 세계가 결코 불안만으로 탄주되지 않음을 증명하기에 이른다. 물론 이때 사랑은 그 정체가 지극히 모호한 형태를 띠고, 사랑의 여율呂律이 말의 파편들로 조각조각 해체되어 존재의 "뒤안길"(「바위」 중)에 은폐된 것처럼 보이지만, 시인은 조각조각 찢겨진 "종이쪽지"를 하나하나 끼워 맞춘 말의 진실을 압박해가고 있다. 오늘도 얼룩말자전거를 타며 "명상의 시간"(「비누나무 열매」 중)을 보내고 있다. 대저 사랑은 어디에 있는가? 시인은 파편처럼 뜯겨져 나간 "부재의 날"(「돌담」 중)들 속에서 어떤 의미를 예인하는 운명의 타자인가?

우리 모두 시간의 안쪽에서 해체되어 망각으로 귀의하게 된다. 마치 "치매를 앓던 아버지"의 우주가 해체된 말 속에 침전되어 유산을 남기듯이, 시인의 그것은 잔여의 말 속에 그 모든 의미를 사랑의 형식으로 대리보충하고 있다. 분명 권혁수 시인이 전개한 일련의 시말들은 사랑의 언저리에서 생성된 흔적들인데, 그것이 바로 시 「유산」에 기입된 말의 진실이다. 사랑이 아니면 진실을 발화시킬 수 없고, 또 이 세계의 불안을 치유할 수 없다. 특히 권혁수 시인의 『얼룩말자전거』는 해체된 사랑의 의미와 현주소를 진지하게 되물으면서, 기억의 침전물들에 기입된 이 세계의 불안을 따스한 정감의 언어로 포월하고 있다.

아버지와 아들 사이에 사랑의 여율이 여여하게 흘러내려 전쟁과 불안으로 가득 찬 온 세상을 풍요롭게 만든다. 부자자효父慈子孝. 시인 아들은 아버지를 추억하며 한 편의 명시를 남기고, 아버지는 아들에게 미처 발화시키지 못했던 사랑의 전언을 유산으로 남겨 이 세계가 사랑의 기호로 충일했었음을 고백하기에 이른다. 미처 발화시키지 못했던 사랑의 교감이 온 누리에 전이된다. 말하자면 시 「유산」은 익명의 "섬"이 되어버린 아버지의 사랑에 화답하는 아들의 심경을 토로한 작품인데, 그것이 바로 기억의 침전물에 기입된 말의 진실이다. 아버지의 영혼에게 다가가 지난했던 삶을 추억하며, 그가 건너왔던 한 세계를 이해하게 된다. 말하자면 권혁수의 그것은 "하나의 날개"로 이 세상을 어렵사리 건너왔던 아버지의 지난했던 삶을 위무하는 아들의 초혼 행위이자, 아버지에 속했던 모든 것들이 사랑의 전언이었음을 증명하는 숭고한 미적 행위이다.

물론 2연에 표현되어 있는 것처럼, 아버지의 유산이 단지 미안한 마음과 "사랑한다는 말"이 적힌 분절된 말들의 파편뿐이지만, 따라서 아버지의 유훈은 그 뜯겨져 나간 말들을 절합articulation함으로써 아들에게 전이되어 시말로 공표되지만, 그것은 21세기에도 시가 유효한 이유이자, 시말이 자본 너머에 위치한 유일한 예술이라는 말을 성립시킨다. 아버지가 남긴 말의 유산은 사랑의 유산이자, 자본의 표현법으로 결코 환치할 수 없는 절대적인 진리의 유산이다. 분명 권혁수의 그것은 자본의 구성물들이 조장하는 불안과 폭력을 치유하는 상생의 언어인 동시에 이 세상에 남아 있는 인륜적 희망이 바로 사랑임을 드러내 보여주고 있다.

4. 기억의 구성물 혹은 시대의 안과 밖

점점 존재의 집이 무너져 말과 세계 사이에 균열만을 노래하게 된다. 까닭은 기억의 구성물들은 의식의 심연을 결코 "맑은 빛"(「반딧불이 날다」 중)으로 투사시키지 않았기 때문이다. 어둠이 침전된다. 생을 화려하게 구가했던 "환희의 꽃다발"(「산길의 완성」 중)이 이미 어디론가 사라지고, 간절한 "지구의 소망"(「기우뚱」 중)은 산산이 해체된 채 파편으로 흩어진다. 도대체 우리는 왜 이 가열한 공간 위를 환멸의 전언으로 건너는가? 자본의 욕망만으로 구조를 이루고 있는 이 세계를 참된 존재의 언어로 복원하는 것은 불가능한가? 물론 권혁수 시인에게 아버지의 유산이 파편처럼 남아 있어 『얼룩말자전거』 전체를 사랑의 형식으로 승화시키고 있지만, 따라서 자본의 이념에 의해 파생된 말과 세계 사이의 균열을 사랑의 전언으로 봉합하는 것 또한 사실이지만, 그것은 "추상 뒤에 숨긴 얼굴"(「바람의 그림」 중), 즉 담론과 자본 사이에서 교묘하게 작동하는 술책을 내파시키는 말의 전략이다.

담론적 욕망으로 흔들리는 "갈대의 언어"(「흐린 날의 변명」 중)를 기억으로 재구하며 말이 가진 역량 전체를 시대의 안과 밖에 조응시킨다. 말하자면 시인이 전개한 일련의 시말운동은 "어머니의 세월"(「빨랫줄」 중)에 침전된 "시간의 지층"(「실종」 중)을 섬세한 손길로 파헤치면서, 말의 안과 밖에 기입된 기억의 단편들을 존재의 언어로 고양시키고 있다. 때론 "세상

밑바닥"(『투명인간』 중)으로 추락했던 생의 아픈 흔적들을 반추하면서, 때론 이 세계에 흩뿌려진 갈등의 현실을 포월의 정신성으로 감싸 안으면서, 시인은 기억의 구성물에 침전된 시간의 흔적들이 무엇인지 성찰하고 있다. 마치 얼룩말과 당나귀 사이에 노정된 의미의 실재가 순수함으로 봉합된 이 세계의 잔혹극인 것처럼, 권혁수 시인의 그것은 상처로 구성된 기억의 침전물들을 애절한 존재의 언어로 복원하고 있다. 존재의 집 전체를 말끔하고 정갈하게 가다듬어 이 세계에 잔존해 있는 분열의 징후를 치유하고 있다.

10년 만에 골방을 청소했다

시대에 무책임한 알람시계를 벽에서 벗겨냈다

무감각한 잡지책을 치우고 통증을 피해 구석에 쌓인 먼지를 긁어냈다

체중이 줄어들기를 기다리던

외투도 헌옷수거함에 던져 넣었다

머지않아 잊혀질 사람들 사진과 기억도 함께 묶어

고물상에 내다 팔았다 그리고

더 버릴 게 없나 둘러보았다

깨버리지 못한 거울 속에 내가 서 있었다

—「흔적」전문

존재의 집에 미처 발화시키지 못한 기억의 구성물들이 흔적처럼 침전된다. 왜냐하면 흔적은 기억의 구성물이 총체적으로 드러내 보이는 말의 궁극적 실재이기 때문이다. 흔적이 말하고 흔적의 말을 받아 적어 시말로 부조시킨다. 이를테면 금번 상재한 『얼룩말자전거』는 이 세계에 흩뿌려진 삶의 흔적이나 의미의 사태들을 기억의 형식으로 재구하여 말—사태의 진실이 무엇인지 성찰하고 있다. 나는 어떤 시간의 흔적이고, 또 너는 이 "시대"의 어떤 의미의 실재인가? "무책임"하고 "무감각"한 일상의 삶에 포획된 채 "10년"이라는 시간을 허비하게 된다. 어쩌면 화려한 이미지의 표현법으로 모든 의미의 가치를 노예로 만든 21세기에 스스로를 성찰한다는 것은 더 이상 가능하지 않은 시의 사실일지도 모른다. 그저 오늘도 무기력하게 기억의 침전물을 "골방"에 버려둔 채 망각을 향유하는 것으로 시대의 안과 밖을 봉합하면 그만이다.

시대의 안쪽에 기입된 이 세계의 "통증"을 피하거나 무감각하게 만든다. 까닭은 기억의 구성물들이 그리 안온하지 않은 상흔들로 누적된 고통의 공간이기 때문이다. 따라서 존재의 집을 투명하게 복원하는 것이 요원할 뿐만 아니라,

말의 심연에 의미의 잔여만을 남겨놓은 채 늘 존재 그 자체를 곤혹스럽게 만든다. 차라리 흔적을 망각하거나 말끔하게 "청소"하는 것이 낫다. 아니 보다 정확하게 말해서 흔적의 사유는 고통의 사유이자, 이 세계에 아직 남아 있는 진실이기도 한데, 그것이 바로 『얼룩말자전거』가 발화시키고 싶은 흔적의 언어라 하겠다. 흔적을 말끔하게 지워 말소시키고자 하나 결코 사라지지 않는다. 왜냐하면 그 흔적은 시인이 살아온 시간, 즉 시대의 안과 밖에 색인된 존재의 목소리이기 때문이다. 설령 "모든 거리가 다시 어제인 오늘"(「데자뷰」중)로 수렴하는 경우가 비일비재하지만, 따라서 인간학그 자체가 늘 데자뷰 되어 그렇고 그런 것으로 반복되는 경향이 있지만, 그 흔적만이 시간의 진실에 접근할 수 있는 유일한 통로이다.

흔적은 나이고, 너인 동시에 시대와 역사의 참된 의미를 증명하는 진실의 장소이다. 마치 "깨버리지 못한 거울"의 안쪽에 또 다른 나의 모습이 흔적처럼 남아 참된 의식을 일깨우듯이, 권혁수 시인은 자신과 세계 사이에 놓여 있는 의미의 거리를 흔적을 통해 정밀하게 반조하고 있다. 흔적은 너—나의 인간학적 삶이 기입된 진실의 장소이다.

아무래도 알 수 없다 지상으로 점프하려면
얼마나 더 기다려야 하는 생生인가
———「경칩驚蟄」부분

모두가 나이고, 모두가 너인

아파트의 그림자

　　　　　　　　　　　　　―「건너편 아파트」 부분

거울아, 거울아,

이 도시에서 누가 살아남아 아직

숨 쉬고 있냐?

　　　　　　　　　　　　　―「달리는 거울」 부분

사람이 떠난 자리에만 머무는

나의 꽃잎들

　　　　　　　　　　　　　―「꽃잎들」 부분

　기억의 구성물들을 밝고 투명한 몽상의 기호로 가득 채우는 것은 가능한가? 시대의 안과 밖이 자본의 이념으로 물화되고, 이데올로기의 침전물이 갈등을 조장하는 순간에도, 우리는 드맑은 심혼을 시말 속에 응고시킨 채 기억의 순수성을 견지할 수 있는가? 권혁수의 그것은 이 양자 사이에서 말의 가능적 조건들을 탐색하고 있는데, 그것이 바로 『얼룩말 자전거』의 시적 정체라 하겠다. 때론 무참하게 짓밟힌 빈자들의 "숨구멍"(「배관공 권씨」 중), 즉 가열한 생에의 형식을 가감 없이 묘파하면서, 때론 아무 것에도 훼손되지 않는 "거리의 노래"(「앵무새 성자」 중)를 맑고 청아한 음률로 탄주하면서, 시인은 기억에 침전된 구성물들을 다양한 색조로 변주

154

하고 있다.

생은 "갈증"과 "번뇌"가 표현되는 불안의 장소이고, 기다림은 리비도가 차연된 욕망의 체계이다. 생의 강렬한 순간이 향유되기를 열망하지만, 그것은 실현시키거나 만족시키는 것은 거의 불가능하다. 까닭은 존재의 원형, 즉 므네모시네가 인간학을 늘 동일한 방식으로 재현하도록 의식을 억압하기 때문이다. 나의 삶이 너라는 타자에 의해 구속된다. 아니 우리는 "급 귀사 요망"이라는 "본부장의 휴대폰 문자"에 의해 욕망의 발산을 거세시킨 채, 생 그 자체를 아포리아에 귀속시킨다. 알 수 없는 것이 생이고, 모든 것을 기다림으로 차연 유예시키는 것도 생이다. 물론 시인의 그것이 고밀도로 집적된 메트로폴리스에서의 샐러리맨의 삶—시간—세계를 알레고리적으로 그려내고 있지만, 그것은 생의 감각을 반추하는 참된 존재의 모습이라 하겠다. 나는 타자에 구속된 시대의 산물이다.

시대의 감각은 강렬한 존재의 감각이고, 또 너와 내가 위치하는 삶의 감각이다. 기억이 공유된다. 까닭은 고층 "아파트"가 밀집해 있는 거대 도시의 삶이 서로 밀접하게 닮아 있기 때문이다. "그의 얼굴이 내 얼굴"이고 나는 그와 동일한 시공간을 살아가는 어두운 존재의 "그림자"이다. 따라서 문명의 그늘은 어둡고 침침할 뿐만 아니라, 늘 "불빛"의 반대편에 투영된 "검은 얼굴"이다. 오늘도 우리는 일상이라는 시간의 감옥에 갇힌 채 "축축한 기억"(「하루의 자세」 중)에 침전된 삶의 어두운 의미를 성찰하게 된다. 도대체 이 광막

한 도심의 공간을 어떤 태도로 살아가야 하는가? 시대의 얼굴이 "천길 절벽"처럼 늘 어둡고 매몰찬 "눈보라의 기억"만을 떠올리게 만들 때, 우리는 어떤 이념의 푯대 위에 인간학을 세워야 하는가? 권혁수의 그것이 파편처럼 남아 있는 아버지의 유산을 사랑이라고 지목하지만, 그 사랑은 현대의 냉혹한 콘크리트 공간 속에서 실현 가능한 이념의 실재인가? 기억의 구성물이 "우울과 절망"으로 현대성을 관통할 때, 우리는 청명한 "봄꿈"을 꾸며 생을 의욕 할 수 있는가?

"예감"은 불안하고, 상서로운 "예언"은 어긋나 이 세계를 징환에 휩싸인 부정의 공간으로 소묘하기에 이른다. "아파트 그림자"만 짙게 드리워진 도시의 공간을 살아가는 현대인에게 이 세계는 암울한 시대의 죽음의 전조인지도 모른다. 기억이 "금 간 유리창"처럼 파열하고 해체된다. 아니 시인에게 기억은 더 나은 삶을 구성하는 아련한 추억이 아니라, 삶과 죽음 사이를 아슬아슬하게 봉합한 분열의 장소이다. 설령 시인의 그것이 얼룩말자전거를 타고 다니며 밝고 맑은 몽상의 전언을 시말 속에 응고시키기는 했을지라도, 따라서 말의 복원을 통해 참된 존재의 의미를 시말화하는 것이기는 하지만, 현대의 도시문명은 얼룩말과 당나귀 사이에 매개된 "검은 구름"의 불길한 전조로만 비추어질 따름이다. 이 세계는 희망이 부재한 불구의 공간이다. 기억의 심연에 "철거예정지역 담장"처럼 뜯겨져 나간 삶의 파편들이 시체처럼 즐비하게 널려 있다.

2014. 05. 20.～2019. 05. 19.까지
구내식당 식탁 유리병에 후춧가루가 들어 있다

동네 사람들의 생일과 기일 다 기억해도
당신의 기일만 모르셨던 어머니

점심시간에 만둣국에 후춧가루를 뿌렸다

후춧가루 뿌려진 만둣국에서 겨울을 녹이던
어머니의 입김이 새금새금 떠오른다 가늘게 가늘게
무통 주사 바늘을 내 몸에 찔러 넣는다

유통기한이 삭제된 어머니의 입김이 투입된
혈관 밑이 축축해진다
무기한이다

병 속에서 영원은 다시 찰나가 된다

—「유통기한」 전문

 기억의 구성물이 숭고하고 섬뜩한 것은 그것이 인간학에
침전된 그 모든 것들을 완벽하게 현재의 의미 구조로 재현
하기 때문이다. 특히 권혁수 시인의 시 「유통기한」은 기억과
망각 사이를 유려하게 흐르는 시간의 양태를 "영원"과 "찰
나" 사이에 매개시키고 있는데, 그것이 바로 "어머니"와 시

인 사이에 기입된 진실의 실체이다. 도대체 영원은 무엇이고, 또 삶의 무수한 의미가 노정된 찰나는 어떤 의미의 실재인가? 물론 시인의 그것이 "구내식당" 어디쯤 되는 공간에서 우연히 "만둣국"을 먹다 어머니의 삶—시간—세계를 떠올리고 있지만, 기억은 존재를 구성하는 의식의 공간으로 정확하게 전이되어 그 기억의 구성물을 사랑으로 추억하게 된다. 따라서 기억의 구성물은 존재의 구성물이다. 아니 엄마와 아들의 추억이 스민 "후춧가루"는 레테와 므네모시네 사이에 인간학적인 시간의 운동을 역동적으로 매개시켜 기억의 "유통기한"을 말소하게 되는데, 그것이 바로 기억의 참된 본질이다.

기억은 영원과 찰나 사이를 유려하게 굽이쳐 여여한 존재의 리듬을 복원하게 되는데, 그것이 바로 "어머니의 입김"에 새겨진 참된 사랑의 실체라 하겠다. 오늘도 만둣국을 먹으며 어머니에게 속했던 생에의 모든 것들을 생생한 기억으로 떠올리며 영원과 찰나 사이에 침전된 의미의 실재를 성찰하게 된다. 권혁수 시인의 『얼룩말자전거』는 기억의 이쪽저쪽에 흩어져 있는 다양한 존재의 양태를 섬세한 손길로 옴쳐낸 작품집이자, 그 모든 의미의 사태를 인륜적 사랑으로 승화시킨 숭고한 구성물임에 틀림없다. 때론 기억의 언저리에 통점처럼 자리한 "무통 주사 바늘"의 아픈 추억을 떠올리면서, 때론 현재를 향유했던 찰나의 사랑을 영원성으로 고양시키면서, 시인 권혁수는 이 세계가 펼쳐냈던 '생'의 흔적들을 기억의 구성물로, 사랑의 구성물로 따스하게 재현하고 있다.

5. 글을 나오며

이 세상을 "용서"(「사이렌을 찾다」 중)라는 참된 사랑의 전언
으로 감싸고 싶다. "허공의 길"(「허공에 뜬 길」 중)처럼 막막하
게 보이는 이 세계를 순백의 노래로 가득 채우고 싶다. 사
랑과 사랑에 속한 것들만 노래하고 예찬하며 가슴을 파란
마음으로 물들이고 싶다. 설령 이 세계가 얼룩말과 당나귀
사이에 불협화음을 매개시켜 늘 희망의 저편으로 소거되는
경향이 있지만, 시인이 진정으로 원하는 세계의 모습은 아
무 것에도 훼손되지 않는 "초록 꿈"을 순백의 전언으로 발
화시키는 것이리라.

아이들이 없는 공부방
책장 틈에서 몽당 크레파스 하나
굴러 나온다

손끝이,
가슴이 파랗게 물들기 시작했다

—「초록 꿈」 전문

따스하고 가슴이 이내 훈훈해진다. 얼룩말과 당나귀 사이에 매개된 이념의 분열이 금세 봉합되는 듯한 느낌이 든다. 초록색 꿈이 온 누리에 번진다.